| 金英夏作品集3 | 長篇小說

殺人者的記憶法

살인자의
기억법

金英夏 著
김영하
盧鴻金 譯

《殺人者的記憶法》媒體&讀者好評

閱讀這本小說的讀者一定要小心！——《韓民族日報》

偶爾出現的尼采與蒙田的箴言，突兀又令人膽寒的妙語遊刃有餘地描寫了對生活與死亡、時間與罪惡的頓悟。——《首爾新聞》

巨大的破壞力，雖然一口氣讀完，但卻留下久遠的後遺症。——李迪（作曲家、歌手、作家）

快速、堅實、鋒利、優雅，有趣的程度令人昏迷。——eAeon（韓國獨立樂團MOT主唱）

看書名的時候還以為是恐怖的內容。書很薄，內容也很容易讀了下去，剛開始覺得有些奇怪的時候就已經到結局的部分了。啊～原來不是那麼簡單的小說。……最後的結局還真是讓人覺得殘忍。

金英夏的小說有一種年輕感。總是能運用簡潔的文章，寫出「有趣的小說」。這本小說展開的很有速度感，吸引著讀者一直讀下去，最後的結局又令人緩不過神來。……這個故事的展開可以放在朴柱泰 v.s. 金炳秀的對決上，但到了最後幾頁情節就發生了巨大的逆轉。

中間多次出現了院子裡的狗，這暗示了金炳秀的世界在一點點崩潰。金炳秀漸漸消失的記憶和自己相信的記憶，真真假假又是一種恐怖。對金炳秀來說，可怕的不是刑法與坐牢，而是自己的記憶停止與消失。

目錄

走入記憶迷宮之前——讀金英夏《殺人者的記憶法》

彭紹宇（作家）

有些小說讀來順遂，不疑有他，其實作者野心深藏，不張牙舞爪，反倒沉得住氣，在文字間蓄勢埋伏，伺機狙擊。

《殺人者的記憶法》就是這樣一本小說。

一位罹患阿茲海默症的殺手，在記憶與遺忘之間掙扎，文字搭建記憶迷宮，時間矗立高牆，橫亙虛實真偽。我們在高牆落下的陰影中尋覓光的來向，那是通往真相的出口。

在你走入記憶迷宮前，我想先將鏡頭對焦於迷宮的設計者，金英夏（김영하）。

人們說，時代灰粒落在個人頭上便成一座山，那麼金英夏又肩負何種高山？一九六八年出生，金英夏畢業於延世大學企業管理系，十九歲那年，他的同校學生李韓烈在校門口參與示威時被催淚彈擊中身亡；同年底，南韓舉行首次總統直選，告別專制時代。邁入一九九〇年代後則是迥異光景，對外是兩韓勢力消長，對內則是民主體制學步的夢醒夢碎，金英夏便在這般社會氛圍下初登文壇。

這並非金英夏一人的獨特歷程，而是韓國慣稱「三八六世代」（386 세대）的共同記憶。這些人生於戰後南韓，經歷快速工業化發展，在一九八〇年代見證韓國邁向民主化。身處全方面改革浪潮，基因似烙刻反叛因子，當他們成為社會中堅後，也形塑如今韓國樣貌，例如影壇出現朴贊郁、奉俊昊、金基德與洪常秀等名導，文壇中除金英夏外，申京淑和金仁淑也皆屬「三八六世代」一員。

金英夏的反叛，從他發表於一九九六年的長篇小說處女作《我有破壞自己的權利》（나는 나를 파괴할 권리가 있다）便可窺見，這也是我與金英夏的最初相遇。他的文字存在對社會的反抗性，抑或稱之為一種「逃離」興許更加恰當。一路讀至《黑色花》（검은꽃，2003）與《光之帝國》（빛의 제국，2006），角色中的「逃」同樣存在，前者

回溯二十世紀初大韓帝國前往墨西哥的移民經歷，後者則藉一名在南韓成家立業的北韓間諜，投影南北韓衝突中關於人與社會互動的切面。正當金英夏的筆往更宏觀的國族歷史和社會意識前進，僅一年後出版的《猜謎秀》（퀴즈쇼，2007）關注現今青年世代的生存焦慮，則展現金英夏創作中的勇於嘗試，又或者說他勇於破壞，早在他的出道作裡便預示了這點。

在《殺人者的記憶法》（살인자의 기억법，2013）裡，主角金炳秀同樣在逃，不過他不是「自願」地逃，而是由於阿茲海默症。他不得不與記憶對峙，如長跑，對手不再是他者，而是自身的遺忘。

即使金英夏多將視角看向外部，諸如社會歷史或世代族群，角色內省卻是撐起故事架構的血肉，此一特點在《殺人者的記憶法》尤為突出。小說全文採第一人稱視角書寫，且充滿自言自語，對話占比相較少量。這讓讀者除了藉角色間的對話理解故事，更多是從主角內心浮現的想法與回憶，描摹人物動機和內在狀態，試圖貼近所謂真實。

「我最後一次殺人已是在二十五年前，不，是二十六年前吧？」小說中，金炳秀一角以此句喃喃自語初亮相，這是一次饒富趣味的開場，金英夏在故事之始便為讀者揭露角色的殺手背景。不僅如此，他隨後幾句，諸如「在埋下死者的時候，我總是重複說著：下次一定可以做得更好。」或「我覺得比起詩，殺人更接近散文」，一一刻畫鮮明的殺手形象。

然而，看似冷血的殺手樣貌很快即被打破——主角讀詩寫詩，這種並陳殘酷與柔情的衝突安排在韓國導演李滄東的電影《生命之詩》（시，2010）也曾見過。事實上，「詩」與「屍」在韓文裡皆是同字「시」，善惡一線間，美從來非關道德。只是《生命之詩》中的詩是救贖，《殺人者的記憶法》裡的詩則是某種代償。筆如利刃，語言則是獵物。接著讀者又明白——這是一位逐漸遺忘的殺手。儘管個人回憶無可質疑，一旦有了病症，這些回憶陳述後方都將被打上問號，正如金炳秀出場的那句自述。

如此一來，殘酷的主動性加入脆弱的被動性，曾經風光傳奇，如今便是多麼力不從心。看似極與極的兩端，在殺手金炳秀身上發生化學作用，顯影出立體而曖昧的角色剪影。

通篇從不缺席此種曖昧性，身為讀者的我們始終未能抵達真相。孰是孰非，何為真實，何為虛幻，伴隨金炳秀與朴柱泰間充滿張力的關係，時如讎敵，時如朋輩，金炳秀與女兒恩熙的關係亦然，都形成詰問，挑釁，謎團。殺手曾在殺戮擂台上臨風顧盼，如今卻在記憶工地裡無奈顧影，一次次重建必然坍塌的過去與現在，終究在回憶裡作繭自縛，猶如那句——「突然間，我覺得我輸了。可是我輸給誰？我也不知道，只是覺得我輸了。」

空虛如此沉重，出擊盡是揮空，行文間精準描繪，讀者情緒漲退猝不及防——金英夏不也是一位殺手？

金英夏的文字精準鋒利，富有畫面感，冷調，晦暗，虛實交錯，閱讀時腦海也同步投射影像。二〇一七年秋天，《殺人者的記憶法》改編成電影在臺灣上映，電影懸疑反轉，小說則克制俐落，給予讀者自由的想像與解讀空間。原著五萬字的篇幅以小說文體而言不算龐大，但文字內含的可能性，達成二小時的長片都未能完全涵蓋的故事魅力。因此，無論你是否看過電影版本，原著帶來的閱讀體驗都將各異其趣，甚至有過之而無不及。

這是一座金英夏打造的記憶迷宮，如果你遇見那位孤獨的殺手，記得提醒自己，再真實的記憶亦可能是虛妄，可別輕易相信了。

用保齡球刺殺——讀金英夏《殺人者的記憶法》

陳栢青（作家）

金英夏是個刺客。

從一九九六年出道作《我有破壞自己的權利》到二〇一三年出版的《殺人者的記憶法》，一路走來，金英夏始終有一種壞，走的道路有點斜，小說中人有點邪，《我有破壞自己的權利》裡主角吹響死亡的號角，推波助瀾協助自殺，《殺人者的記憶法》裡主人翁金炳秀乾脆自己上，是天賦異稟的殺手。那麼，在小說背後發動這一切的金英夏也是文壇的刺客吧，他自帶一種破壞性，無論從議題（「我有破壞自己的權利嗎？」），類型與破壞類型（《殺人者的記憶法》乍看是通俗文學的套路，卻被焊成純文學的晶片介面），乃至敘述（告白體、手記體以及其中玩的敘述詭計……）

這回，金英夏來刺殺我們了。

《殺人者的記憶法》是又一次漂亮的刺殺。

金英夏透過手記——不確定的第一敘述者——讓距離被取消了，告白體讓讀者「你是我的眼」，窺見小說中殺手金炳秀之心的同時，也就無可避免的同理與同情對方。

這樣想來，小說大體上而言，對，連死者這副「大體」也是我們提供給金英夏的，筆記的短截俐落使故事內縮，小說家其實只提供必要的關節：金炳秀與殺人魔的相遇、殺人魔的拜訪「來玩個遊戲吧」、金炳秀以為自己打倒殺人魔……但這其中怎麼對決、又有什麼情感拉扯，都是讀者自己想像出來的，畢竟我們是被電影和通俗文本餵養長大的一代啊，關於這方面類型與其中套路（一個殺人魔為了女兒和另一個殺人狂展開對決），我們根本太熟悉了，乃至故事只要起一個頭，我們就會自己幫他接出後續情節。是我們羅織了整個故事的身體。金英夏必然知道這件事情，他設計了一切，借用類型反類型，借用套路反套路，於是他接下來的刺殺才能毫不費力，作為小說最後的翻轉——對了小說家朱天心的小說開場名句「難道，你的記憶都不算數……」可不就是《殺人者的記憶法》之結尾——這個讓讀者以為被埋伏了被擺了一道的衝擊，說到底，其實「你我都幫了一把」，是我們的記憶法，才讓殺人者的記憶法成立。

那麼，一個延伸出來的問題是，所謂《殺人者的記憶法》裡的殺人者指的是誰？

想當然耳那是指金炳秀。他的失憶「會從短期的記憶或最近的記憶開始」，近的一團混亂，遠的倒是清清楚楚，於是他開始寫筆記與錄音。但透過他的記述，你會發現一件奇怪的事情，除了女兒恩熙之外，另一個占篇幅的，就是關於他的爸爸，以及成長的過去，包括「滅共」、聲討共產黨的記憶。

這看起來是雜音，無論是對一個「記憶就要消失了趕快把重要的事情寫下來」的人，或是對一本「乍看是前殺人魔對決現任殺人魔好保護女兒」的小說而言，還要花費這些篇幅去記憶／記述關於他老爸與長大什麼的，這也太不經濟了吧。那還不奇怪嗎？

但其實這些片段很「金英夏」。小說家的成名短篇就是〈哥哥回來了〉，哥哥回到家裡來了，不但帶回了女人，還一腳踹翻老爸。舊力量被新的力量打倒。而在《殺人者的記憶法》裡，爸爸回來了，殺人者金炳秀成為了爸爸，殺人者殺死自己爸爸。那麼，他成為好爸爸了嗎？當然，小說看到最後，讀者會發現，試圖與之對決的殺人魔可能根本是金炳秀虛構出來的，賴之以為生活重心的女兒也可能早在當年就被他殺死了。小說讓人不快的部分在這裡（請用朱天心的口吻再問一次：「難道，你的記憶都不算數……」），但他成功也在這裡，一切藏在小說一開頭，「下一次一定可以做得更好。」

「下一次一定可以做得更好。我之所以停止殺人，正是那點希望消失所致。」抱持「下一次會更好」的進化論，讓殺人者持續精進技術累計擊殺人數，下一「刺」會更好。如果你很認真看完金炳秀的筆記，他雖然停止了殺人，但生活裡還有另一項休閒也秉持這個原則，那就是打保齡球，「停止殺人後，我開始打起保齡球。」為什麼他喜歡打保齡球呢？金炳秀說：「保齡球會讓人上癮，每次都會期待下一局應該打得更好，剛才錯失的 spare 應該可以彌補過來，分數似乎也會越來越高。」

殺殺人，打打球。保齡球和殺人都體現殺人者金炳秀對人生的某種希冀：「下一次一定可以做得更好。」但保齡球的計分分數則比殺人顯示給我們更真實的答案，「分數終究都集中在平均值上。」

亦即，下一次並不會更好。

那便要回到小說的「大體」，整本《殺人者的記憶法》可不就是金炳秀、也是讀者對於「下一次」的渴望，你瞧，殺人魔不殺人了，他有了珍惜的對象，甚至願意為女兒付出生命，這算不算是對「第二次生命」、「下一次的人生」一個更好的期望？

但讀到最後你才知道，這期望都是空的。

與其說金英夏輕易的撕掉關於「希望」這一頁，不如說，他給我們實際的答案：「分數終究都集中在平均值上。」下一次並沒有更好。

這時讀者會發現，那些我們視之為「雜音」、「不經濟」的記憶片段之可貴。小說家想刺擊的，不只是單一個人，而是整個國家。是時代。

十六歲的少年金炳秀殺死了爸爸。他拯救了這個家嗎？他忘記了，但當他想起了妹妹，「恩熙回答我，她很久以前就死了。」、「罹患惡性貧血一陣子後過世的。」

保齡球的分數再次出現。這一次依然沒有更好。

殺手金炳秀是怎麼誕生的？根據筆記我們知道，「父親是我的創世紀」，十六歲的少年殺死了爸爸，殺人者誕生了，殺人者的記憶由此開始，但他記得什麼呢？「我歷經了四一九和五一六事件，朴正熙宣布十月維新，夢想終身獨裁；朴正熙之妻陸英修中槍身亡；吉米卡特訪問韓國，要朴正熙放棄獨裁，但卡特自己卻只著穿內褲慢跑。後來朴正熙也遭暗殺；金大中在日本被綁架，歷經九死一生活了過來；金泳三遭國會開除；戒嚴軍包圍光州，開槍、打死了民眾。」

政變、戰爭、獨裁、暗殺、綁架、戒嚴、大屠殺……

歷史是殺人的歷史。國家是殺人的國家。記憶是殺人的記憶。金炳秀殺死的人在國家的歷史中算起來多微渺，甚至隱藏在大數據之下，「六二五戰爭之後，死亡是很常見的事情，沒有人會關心死在自己家的男人」，所以爸爸的死被輕易的掩蓋了。那之後金炳秀無數次殺人，都被掩蓋了。

在這樣的國家與歷史之中，殺一個人算不得什麼，正因為如此，殺人者成為殺人者。殺人的記憶就此被歪曲，「因為是被幽靈殺死的，所以根本沒必要抓犯人」，「滅共」成為最好的理由，「那是別人殺的」。

金炳秀的第二次人生並沒有更好。終究是虛妄的。而這個國家、金炳秀所經歷的文明進程呢？是不是也是保齡球的分數，「終究都集中在平均值上。」骨子裡依然是殺人的歷史？我們以為文明了，進步了，明天會更好，但其實依然是「難道，你的記憶都不算數……」？

殺人者金炳秀混淆了記憶與虛妄，如果放大到韓國，甚至拉回我們的島看，我們是否也正活在這樣記憶的錯置之下，卻從來不去檢查那是否是真的。我們未必是殺人者，但我們也正使用殺人者的記憶法。

這個疑問萌生的剎那，正是金英夏以小說對我們發動一次刺擊。

你記得發生的這一切嗎？

你有能力釐清與分辨嗎？

一切終究只是「變成小點，變成宇宙的塵埃」嗎？

「在戰爭中活下來的父親經常作噩夢……在死去的那一瞬間，他大概還認為是在做噩夢吧。」殺人者金炳秀寫道。他的上一代活在夢裡，也消失在夢中。而作為打倒上一代的新世代，活在虛妄中，也終究消失在虛妄中。哥哥回來了，哥哥卻成為了爸爸。金炳秀是殺人者，金英夏則是刺客，他不只是要推翻，要打倒，他同時在思索，然後呢？這又有什麼不同呢？金英夏持續在揮動他的筆，他的刀，而我們受了刀，吃了痛，則必須記起，並且去問，真的是這樣嗎？於是，才有了所謂然後。

下一次，不就是這次了嗎？

殺人者的記憶法

我最後一次殺人已是在二十五年前，不，是二十六年前吧？反正就約莫是那時候的事。直到那時為止，促使我去殺人的原因並非人們經常想到的殺人衝動、變態性慾等這些東西，而是「惋惜」、還可以成就更完美快感的希望。在埋下死者的時候，我總是重複說著：

下次一定可以做得更好。

我之所以停止殺人，正是那點希望消失所致。

……

我寫了日記，冷靜的回顧，嗯，因為似乎有此必要。我認為必須寫下哪裡出了問題、當時心情感受如何，才不會再重複令人扼腕的失誤。考生都會整理誤答筆記，我也將我殺人的全部過程和感覺鉅細靡遺地加以記錄。

後來才發現這真是一件沒有意義的事。

書寫句子實在是太難了，也不是要寫什麼傳頌千古的文章，只是日記而已，怎麼會如此困難？我不能完整呈現自己感受到的喜悅和惋惜，這讓我的心情糟透了。我讀過的小說就只是國語教科書裡的文章，但是那裡面沒有我需要的句子。所以我開始讀詩。

我錯了。

在文化中心教詩的老師，是和我同輩的男詩人，他在第一次上課的時候，用嚴肅的表情說出讓我發笑的話。「詩人就像熟練的殺手一樣，捕捉語言，最終將其殺害。」那時已經是我「捕捉、最終殺害」數十名獵物，並將他們埋在地下之後，但是我不認為自己做的事叫做詩。我覺得比起詩，殺人更接近散文。任何人實際去做過都能知道，殺人這個工作遠比想像中更繁瑣、更骯髒。

無論如何，托那位老師之福，我對詩發生興趣也是事實。我雖長得像似對悲傷無感，但對於幽默卻是有所反應的。

我讀了《金剛經》。

「應無所住，而生其心。」

⋯⋯⋯⋯

我聽了很長一段時間的新詩課程，原本想如果課程讓我失望的話，我就把老師殺了。幸好課程還蠻有趣的，老師讓我笑了幾次，也稱讚了兩次我寫的詩，所以我讓他活了下來。他大概到現在還不知道，從那時候開始的人生是賺到的吧？我對他不久前寫的詩作相當失望，真後悔沒有在那時就把他給埋了。

⋯⋯⋯⋯

像我這樣天賦異稟的殺人者都已經金盆洗手了，他那種程度的人竟然還在寫詩？真是厚顏無恥啊！

⋯⋯⋯⋯

最近我老是跌倒，騎腳踏車也跌倒，走在路上也會被石頭絆倒。我忘了很多事情，甚至還燒壞了三個茶壺。恩熙打電話來說已經預約好了醫院檢查，我生氣地大聲吼叫了半天。恩熙默不作聲好一會兒後，說道：

「真是不正常，腦部一定出了問題，我還是第一次看到您這麼生氣。」

我真的沒生過氣？我在發呆的時候，恩熙先掛斷了電話。我想繼續把話說完，於是拿起手機，但突然想不起打電話的方法。是要先按通話鍵，還是先按號碼再按通話鍵？恩熙的號碼是多少？不，不是這樣，好像還有更簡單的方法。

真是煩死了，我把手機丟了出去。

……………

我因為不知道詩是什麼，所以直接寫出我殺人的過程。第一首詩的題目好像是〈刀與骨〉吧？老師說我的詩語非常新穎，又說我用鮮活的語言和對於死亡的想像力，敏銳地呈現出生命的無常，他反覆讚賞我的「metaphor」。

「metaphor 是什麼呢？」

老師嘻嘻一笑，說明了 metaphor 是什麼。我很不喜歡那個笑容。聽起來，metaphor 就是隱喻。

啊哈！

你這個人啊，很抱歉，那些東西不是隱喻啊！

⋯⋯●⋯⋯

我翻開《般若心經》閱讀。

「是故空中無色，無受想行識，無眼耳鼻舌身意，無色聲香味觸法，無眼界，乃至無意識界，無無明，亦無無明盡，乃至無老死，亦無老死盡。無苦集滅道，無智亦無得。」

「您真的沒學過詩嗎？」老師問道。「我應該要學過嗎？」我一反問，他就回答說：「不，如果沒學好，反而會影響到寫作。」我對他說：「啊，原來如此，我還算幸運。不過不只是詩，人生還有幾種無法跟別人學習的東西。」

•••••••••••••

我照了ＭＲＩ，躺在形似白色棺材的檢查臺上。我進入了光線之中，好像一種瀕死體驗。我漂浮在空中俯視自己身體的幻覺襲來，死神就站在我的身旁。我知道。我即將死亡。

•••••••••••••

一星期後，我做了什麼認知檢查。醫生問，我回答。問題雖然簡單，但是回答卻很困難，感覺就像把手放進水槽裡，去撈怎麼也撈不到的魚一樣。現在的總統是誰？今年是哪一年？請你說說看剛才聽到的三個單字；17加5是多少？我確定我知道答案，可是卻想不起來。知道，卻又不知道，世上怎麼會有這樣的事情？

檢查完後，我見了醫生，他的臉色有些沉重。

「你的海馬迴正在萎縮。」

醫生指著MRI照片說道。

「這很明顯是阿茲海默症，至於是哪個階段還不確定，需要一些時間觀察。」

坐在旁邊的恩熙緊閉著雙唇，不發一語。醫生又說道：

「記憶會逐漸消失。會從短期的記憶或最近的記憶開始，雖然可以減緩進行的速度，但沒有辦法阻止。現在能做的就是按時服用開給您的藥，並且把所有事情都記錄下來，隨身攜帶。以後您可能會找不到回家的路。」

蒙田的《隨筆集》。我再次翻閱已然泛黃的平裝本，這些句子，年紀大了再讀還是很好看。「我們因為憂慮死亡，而將生命搞砸；因為擔憂生命，而將死亡破壞。」

•••••••••••••••

從醫院回來的路上遇見臨檢。警察看到恩熙和我的臉，好像認識一樣，就叫我們離開。他是合作社社長的小兒子。

「因為發生殺人案件，現在正實施臨檢，已經進行好幾天了，沒日沒夜的，我都快累死了。殺人犯會大白天在街上閒逛，說你來抓我嗎？」

聽說我們郡和鄰近的郡有三個女子連續遇害，警方研判是連續殺人，三個女人都是二十多歲，在深夜回家的路上被殺害，手腕和腳踝都有捆綁的痕跡。在我被宣判得了阿茲海默症之後，出現了第三個被害者，所以我當然會這麼問自己：

是我嗎？

我翻開掛在牆上的月曆，估算了一下女子被綁架殺害的日期，我有不容懷疑的不在場證明。雖然萬幸不是我幹的，但有個任意綁架、殺害女人的傢伙出現在我的區域內，這感覺不太好。我反覆提醒恩熙要注意也許徘徊在我們周遭的殺人犯，還告訴她注意事項。絕對不要深夜獨自外出，坐上男人車子的那一瞬間妳就完了，戴著耳機走路也非常危險。

「不要擔心啦！」

恩熙走出大門時又加了一句：

「您以為『殺人』是隨便誰家孩子的名字啊？」

•••••••••••••

我最近把所有事情都記錄下來，有時在陌生的地方猛然驚醒，不知如何是好的時候，幸虧脖子上掛著名牌和地址，才得以回到家裡。上個星期有人把我送到派出所，警察笑著歡迎我。

「老伯，您又來了？」

「你認識我？」

「當然啦，我們很熟啊，也許我比老伯您自己更瞭解您呢！」

真的嗎？

「令嬡馬上就會來的，我們已經聯絡她了。」

……●●●●……

恩熙畢業於農業大學，在地區的研究所找到工作。恩熙在那裡從事植物品種改良。她有時將兩種不同的植物嫁接，培養出新品種。她穿著白袍，一整天都呆在研究所裡，偶爾還得熬夜，植物對人類的上下班時間沒有興趣，可能有時還得在半夜讓它們受精吧，它們不知羞恥、非常迅速地成長。

大家認為恩熙是我的孫女。如果說她是我女兒，大家都會嚇一跳，因為我今年已經過了七十歲，而恩熙只有二十八。對於這個謎團最感興趣的，自然也是恩熙。她十六歲時在學校學了血液，我是AB型，恩熙是O型，這是親生父女不可能出現的血型。

「我怎麼會是爸爸的女兒？」

我屬於盡可能努力說實話的那一類型。

「妳是我領養的。」

我和恩熙疏遠，大概就是從那個時候開始。她好像不知道該怎麼對待我而張皇失措，我們之間的距離終究沒能拉近。從那天起，恩熙和我之間的親密感為之消失。

有一種疾病叫卡波格拉斯症候群，那是大腦裡掌管親密感的部位發生異常的疾病，如果得到這個病，在看到家人或熟人時，雖認得外表，卻感到陌生。例如丈夫會突然懷疑妻子，「長著我老婆的臉孔，行為舉止和我老婆一樣，妳究竟是誰？誰讓妳這麼做的？」臉孔一樣、做的事情也相同，可是卻感覺是別人，只覺得她是陌生人。最終這個病患只能以一種被流放在陌生世界的心情存活著，他們相信長著相似臉孔的他人都一起欺騙自己。

從那天以後，恩熙似乎開始對於自己身處的這個小世界，這個只有我和她組成的家庭感到陌生，即便如此，我們仍住在一起。

••••••••••••••••

只要一颳風，後院的竹林就喧囂不已。我的心也隨之慌亂起來。颳大風的日子，小鳥似乎也閉緊了嘴巴。

購買竹林地一事已經過了許久。我對這筆交易從來沒有後悔過，因為我一直很想擁有自己的林地。我每天早晨都會去那裡散步。竹林裡絕對不能跑步，因為不小心跌倒的話，可能會當場死亡。如果砍掉竹子，只剩底部，那個部分會非常堅硬，所以走在竹林裡，經常要留意腳下。耳朵傾聽著竹葉刷刷作響的聲音，心裡則想起埋在那底下的人。

那些屍體變成了竹子，高聳入天。

……●……

恩熙問過我。

「那我親生父母在哪裡？他們還活著嗎？」

「都過世了，我從孤兒院把妳帶回來的。」

恩熙不願相信。她好像自己一個人上網查過，也去過公家機關，關在自己的房間裡哭了好幾天，最終接受了這個事實。

「您和我親生父母原本就認識嗎？」

「見是見過，但不是很熟。」

「他們是怎樣的人？是好人嗎？」

「他們人非常好，直到最後一刻還擔心著妳。」

我煎著豆腐，早上、中午、晚上我都吃豆腐。在鍋子裡澆上油，然後把豆腐放上去，差不多熟了以後翻面繼續煎，就著泡菜一起吃。不管老年痴呆症如何嚴重，我相信這個是我自己可以做的。煎豆腐配白飯。

•••……•••••……•••

事情肇始於一個輕微的碰撞事故。地點在三岔路口，那傢伙的吉普車停在我的前方，我最近經常看不清前面，大概是阿茲海默症的緣故吧，我沒看到停在前方的車，瞬間撞了上去。那是改造成打獵用的吉普車，車頂不但裝有探照燈，保險桿上還掛了三個霧燈。這種車的後車廂都改造成能用水刷洗，乾電池還多裝了兩個。只要打獵季節一開始，這些傢伙就會聚集到村莊的後山。

我從車上下來，走向吉普車。他沒下來，車窗還緊緊關著，我敲敲他的車窗。

「喂，請下來一下。」

他點著頭，揮揮手，示意要我離開。奇怪了，至少得看看後方的保險桿嘛。他看我站著一動也不動，終於下了車。他約莫三十出頭，個子不高但非常結實，心不在焉地看了看後保險桿後，說沒關係。怎麼會沒關係？保險桿已經凹進去了。

「您走吧，老伯，本來就變形了，沒關係啦。」

「就算是這樣，為了以防萬一，我們還是交換聯絡電話吧，以後大家也不會多說什麼。」

我把我的電話遞給他，他不想收下。

「不需要啦。」

那是不帶任何感情、非常冰冷的聲音。

「你住在這個村裡嗎？」

這傢伙沒有回答，反而第一次正視我的眼睛。那是一雙毒蛇的眼睛，冰涼而冷酷。我確信，在那當下我們倆都認出了彼此。

他在便條紙上工整寫下名字和電話，好像小孩子的字。他的名字是朴柱泰。為了再次確認損壞程度，我又回到吉普車的後方，那時我看到從後車廂裡滴下來的血。我看著血滴時，也感覺到他注視著我的視線。

如果看到打獵用吉普車在滴血，一般人都會認為那是載著死亡的小鹿。但我開始假定那裡面有屍體。這個假定比較保險。

……………

是誰呢？好像是西班牙，不，是義大利的作家吧？作家的名字再也想不起來了，反正就是不知道是誰的小說裡，曾出現這樣的故事。有一個老作家在江邊散步，遇見了一個年輕人，一起坐在長椅上談話。老作家之後才領悟到，在江邊遇見的那個年輕人正是自己。如果我遇見了年輕時的自己，我能不能認出來？

……………

恩熙的生母是我最後一個祭物。我將她埋到地下之後，在回家的路上，車子因為撞到樹木而翻車。警察說我因為超速，在彎道上失去了重心。我接受了兩次腦部手術。剛開始我以為是藥物的副作用影響，我雖躺在病床上，心裡卻無比平靜。以前我只要聽到人們喧嘩的聲音，就會厭煩得無以復加。點菜的聲音、孩子的笑聲、女人嘰嘰喳喳的聲音，我都很討厭。但是突如其來的平靜讓我知道，過去奔騰不已的心靈是不正常的，我突然像是耳朵聾掉的人一般，必須去適應驟然降臨內心的靜寂和平靜。不知是因為車禍時的撞擊，還是因為醫師的手術，我的腦裡分明發生了什麼事情。

……………

詞彙逐漸消失。我的腦部變得像海參一樣平滑、出現漏洞、所有東西為之流失。每天早晨我會把報紙從頭讀到尾，讀完了以後，我卻覺得忘記的內容要比讀到的更多，但我還是讀。每次讀句子時，心情就好像勉強組裝缺了幾個必備零件的機械一般。

•••••••••••••••

我已經覬覦恩熙的生母許久。她在我上過課的文化中心工作，小腿非常漂亮。不知是不是因為詩和文章的緣故，我的內心似乎變得懦弱，反省和反芻似乎也壓抑了衝動。我不想變得懦弱，也不想壓抑內心沸騰的衝動。我彷彿被捲進黑暗而深邃的洞窟，所以希望知道我是否還是自己所熟知的我。我睜開眼睛時，恩熙的生母正好出現在眼前——偶然經常是不幸的開端。

所以我把她殺了。

但是很吃力。

真令人失望。

那是沒有任何快感的殺戮。那時我還不知道我發生了什麼事，兩次的腦部手術只是更加讓其無法挽回而已。

••••••••••••••••••

我在早晨的報紙上看到又發生連續殺人的事件，新聞說地方上受到嚴重的衝擊。是從什麼時候開始發生連續殺人案件的？我覺得很奇怪，於是翻開筆記本一看，果然有我曾經整理出的三起殺人事件的紀錄。最近更常遺忘了，沒有寫下來的事情就如同沙子一樣，從指間流失。我把第四起殺人的報導內容寫在筆記本上，二十五歲女大學生的屍體在田間道路上被發現，手腳有被捆綁的痕跡，沒有穿任何衣服。這次也是在綁架、殺害後，將屍體遺棄在田間道路上。

……●●●……

那個叫朴柱泰的傢伙一直沒有跟我聯絡，但我曾看過他幾次，說是偶然，也未免太常見到了，一定還有就算看到也沒認出來的時候。他就像狼一樣，在我家周邊徘徊，監視著我的動靜。我為了跟他搭話而走近他時，他又在轉瞬間消失無蹤。

……●●●……

那傢伙是不是在打恩熙的主意？

……●●●……

比起我殺死的人，我忍著讓他活下去的人更多。「這個世界上哪有自己想做什麼就做什麼的人？」這是父親的口頭禪。我同意。

⋯⋯

早晨我似乎沒認出恩熙。現在認出來了。幸好。醫生說，連恩熙都會在不久後從記憶中消失。

⋯⋯

「您只會記得她小時候的樣子。」

連她是誰都不知道的話，我無法保護這樣的存在。所以我用恩熙的照片做成墜子，掛在脖子上。

「您這麼做也沒用，因為會從最近的記憶開始消失。」

醫生說道。

⋯⋯

「請你讓我女兒活下來吧。」

恩熙的生母哭著求我。

「好吧，這件事妳不用擔心。」

到現在為止，我一直信守這個約定，我非常厭惡說話不算話的人，所以一直努力不要成為那樣的人。從現在開始這卻成了問題，為了不要遺忘，我再次寫在這裡。不能讓恩熙死去。

⋯⋯●⋯⋯

我在上文化中心課程的時候，講師拿未堂徐廷柱[1]的詩來上課，那是題為〈新婦〉的詩。故事描述新婚之夜，新郎急著去上廁所，但他的衣服被門環鉤住，他以為新娘已

1 徐廷柱（1915-2000），號未堂，南韓知名詩人。出生於全羅北道高敞，曾獲得大韓國民文學獎、大韓國民藝術院獎等獎項，死後追授金冠文化勳章。公認為二十世紀韓國最優秀的詩人。

經等不及了，因此誤以為她是淫蕩之人，於是就連夜逃走了。經過四、五十年後，他偶然經過那個地方，進門一看，新娘還是以新婚之夜的姿態坐著。他因為心生惋惜，於是碰觸了她的肩膀，怎知新娘在那一瞬間變成了灰，散落一地。講師和學生都大為讚嘆，此詩實在是絕美的好詩。

只有我這麼看這首詩：這是新郎在新婚之夜殺害新娘之後逃走的故事。年輕男子、年輕女子以及屍體，解讀怎會如此相異？

……………

我的名字是金炳秀，今年七十歲。

……………

我不怕死亡，也無法阻止遺忘，但忘記了所有事情的我就不會是現在的我了，如果記不住現在的我，就算有來世，那又怎會是我？所以我無所謂。最近的我只在乎一件事情，那就是要阻止恩熙被殺害，在我所有的記憶消失之前。

此生的業障、以及因緣。

⋯⋯●⋯⋯

我的家位在山腳下，距離馬路要稍微繞一下，所以上山的人不容易看見我家，下山的人則比較容易發現。因為上方有一座大廟，有些人誤以為我家是小寺廟或寮舍。往下走大約一百公尺，零星的民家才開始出現。村裡人稱為杏樹人家的那間屋裡，曾經住過一對罹患老年痴呆症的夫婦，剛開始是丈夫罹病，沒過多久，妻子也被宣判得了相同的病症。不知道別人看起來如何，老夫婦過得很好。如果在路上遇到，他們總會非常恭敬地合十問安。他們當時認為我是誰呢？他們的時鐘剛開始回溯到九十年代，後來則回到七十年代——那個說錯話就會被抓走，受到一番教訓的時代，那個緊急措施[2]和米酒保安法[3]的時代，所以夫婦倆遇到陌生人總是會心生警戒。對他們而言，村裡所有人都是陌生人。他們經常覺得很奇怪，為什麼有這麼多陌生人在自己家的周邊不斷出沒。最終到了夫婦不認識彼此的階段，直到那時，兒子才出現，要將這對老夫婦送去療養院。我偶然經過他們家門前，看見這個光景，夫婦跪著向兒子求饒，苦苦哀求說，我們絕對不是共產黨。他們大概認為，穿著西裝出現，要把自己帶走的兒子，是中央情報部的職員。那時已經認不出彼此的夫婦齊心求饒，兒子時而生氣、時而哭泣，是村民幫著將老夫婦推進車裡的。

這對老夫婦就是我的未來。

2 緊急措施是朴正熙的第四共和國憲法（維新憲法）中的特別條文，常被用來鎮壓反抗當時政權的民眾。
3 米酒保安法乃諷刺「反共法」和「國家保安法」所產生的專有名詞，當時有許多人在喝酒之後，批判國家體制而被捕，因此生成此詞彙。

恩熙經常問我「為什麼」。為什麼那樣？為什麼記不住？為什麼不努力？在她的眼裡，我大概就是怪異的綜合體。有時她似乎認為我是故意要整她才這麼做的。她說我是想看她會怎麼對待我，故意連知道的也裝作不知道，還說我過於泰然自若。我知道恩熙將房門鎖上，在房裡啜泣。昨天我聽到她跟朋友通話的內容，她說她快瘋了。

「不是同一個人啊！」

恩熙對朋友說道，說今天不一樣，明天又不一樣；不久之前不一樣，剛才又不一樣，等一下又不一樣。她說，我說過的話還是會一再重複，有時候連剛才的事情都記不住；分明像是老年痴呆症，有時看起來又與正常人一般。

「他不是我熟悉的爸爸。實在太累了。」

父親是我的創世紀。父親只要一喝酒，就毒打母親和英淑。我用枕頭壓住他，讓他窒息而死。在這個過程中，母親壓著父親的身體，英淑抱住他的腿。英淑那時只有十三歲。米糠從枕頭的側面散出來。英淑將米糠掃在一起，母親則一臉茫然地將枕頭縫好。那是我十六歲時發生的事情。六二五戰爭[4]之後，死亡是很常見的事，沒有人會關心死在自己家的男人，也沒有巡警來調查。我們家人立刻在前院搭起棚架，開始接待前來弔唁的人。

我十五歲的時候就已能背起大米袋。在我的故鄉，男子只要到了能背米袋的年紀，即便是父親也不能動手打他。母親和妹妹則一直挨打，還曾經在嚴冬雪寒時，赤身裸體被趕出門去。將父親殺死是最好的方法，我後悔的只是原本我自己可以做的事，還連累了母親和妹妹。

在戰爭中活下來的父親經常做噩夢，夢囈也很嚴重。在死去的那一瞬間，他大概還

4　即臺灣所稱的韓戰。

認為是在做噩夢吧。

……

「在所有寫下來的文字中，我只珍愛用血寫成的。用血寫吧，那麼你就會體會到血就是精神。理解別人的血不是容易的事，我憎惡懶懶地讀書的人。」

這是尼采《查拉圖斯特拉如是說》裡的話。

……

從十六歲開始，一直持續到四十五歲，我歷經了四一九[5]和五一六[6]事件，朴正熙宣

5 一九六〇年三月，韓國在第四任總統選舉時發生作票舞弊情形，導致學生及民眾發起一連串的抗議活動，最後推翻了李承晚統治之下獨裁的韓國第一共和國。由於四月十九日發生最大規模的衝突和抗爭，因此稱為四一九革命。

6 一九六一年五月十六日，韓國陸軍朴正熙少將及金鍾泌等人，發動了武裝軍事政變，終結了短暫的第二共和國時期，並促成朴正熙的上台。

布十月維新[7]，夢想終身獨裁；朴正熙之妻陸英修中槍身亡；吉米・卡特訪問韓國，要朴正熙放棄獨裁，但卡特自己卻只穿著內褲慢跑。後來朴正熙也遭暗殺；金大中在日本被綁架，歷經九死一生活了下來；金泳三遭國會開除；戒嚴軍包圍了光州，開槍、打死了民眾。

但我想到的只有殺人，和這個世界進行只屬於我一個人的戰爭。殺死、逃逸、躲藏；再次殺人、逃逸、躲藏。那時沒有ＤＮＡ檢查，也沒有閉路電視監視系統，連「連續殺人」這個用詞也十分生疏。數十名行為可疑者和精神病患被認定為嫌疑犯，抓到警察局去遭到拷打，甚至還拿到幾個人的造假招供。警察局之間彼此都不合作，其他地區發生的案件都被視為毫無關聯的案件。幾千名警力只會拿著長竿翻找無辜的野山，那就是當年的搜索。

7 一九七二年十月十七日，朴正熙為遂行其長期執政（獨裁）的目的，實施超越憲法的非常措施，並發布戒嚴令，制定維新憲法，開始第四共和國時期。

真是好時節。

⋯⋯●⋯⋯

我最後一次殺人，是在四十五歲那年。掐指一算，被枕頭壓住窒息而死的父親，死去的那年正是四十五歲。真是奇異的偶然。我把這個也寫了下來。

⋯⋯●⋯⋯

我是惡魔，還是超人，抑或兩者都是？

⋯⋯●⋯⋯

七十年的人生，回顧起來，就好像站在張口的黑色洞窟前面的心情。想到即將到來的死亡，我並沒有特別的感覺，但回顧過去，我的心裡總會陰暗而茫然。我的心是一座沙漠，不曾生長任何東西，也沒有所謂的濕氣。雖也有過努力理解他人的童年，但對我來說，那是極為困難的課題。我經常躲避人們的視線，他們覺得我是謹慎而老實的人。

我曾經看著鏡子練習表情，悲傷的、愉快的、擔憂的、沮喪的，然後熟悉了簡單的要領：模仿我面前的人的表情。別人皺眉頭的時候，我就皺眉頭；別人笑的時候，我也笑。以前的人相信鏡子裡有惡魔存在，他們在鏡子裡看見的惡魔，大概就是我。

•••••••••••••••

我突然很想念妹妹。恩熙聽我說這話，回答說她很久以前就死了。

「怎麼死的？」

「罹患惡性貧血一陣子後過世的。」

聽她這麼一說，好像真是這樣吧？

我以前是獸醫。對一個殺人者來說，那是很好的職業，因為我可以任意使用強力的麻醉劑，連大象都可以立刻讓牠跪下來。鄉下的獸醫經常出差，大城市的同行坐在醫院裡照顧寵物狗和小貓的時候，鄉下的獸醫到處走動，照顧牛、豬、雞這些家畜，以前還間或有馬。除了雞以外，大部分的動物都是哺乳類，和人類的身體結構沒有太大不同。

我又在一個意想不到的地方清醒過來，那是我從來沒去過的地方。聽說為了制止我去別的地方，村裡的青年聚集在鋪子，將我團團圍住。我為了想讓他們心生畏懼，故意製造騷亂。警察用無線電聯絡之後，把我帶上警車。我經常在失去記憶以後，想去什麼地方，然後在遭村人包圍的情況下，被警察逮捕。

如此周而復始：人群聚集、包圍，然後被警察逮捕。

老年痴呆症對年老的連續殺人犯而言，簡直是人生送來的煩人笑話，不，是整人節目的偷拍相機：嚇了一跳吧？對不起，我只是開玩笑而已。

……●●●……

我決定一天背一首詩。開始做以後，才發現真不容易。

……●●●……

我真不懂最近的詩人寫的詩。太難了。但這類句子還不錯，我把它寫下來。

「我的苦痛沒有字幕，所以不能閱讀　金敬周，《悲情城市》」

同一首詩中的另一句：

「我活過的時間是誰也沒有品嚐過的蜜酒／我因為那時間的名字而輕易酣醉。」

我去市區買菜。在恩熙工作的研究所前，有一個看來很面熟的傢伙正在徘徊。我完全想不起他究竟是誰。在回家的路上，看到迎面而來的吉普車，我才恍然大悟，就是那傢伙。我把手冊拿出來，確認了他的名字，朴柱泰。他已經來到恩熙的附近。

我又開始恢復運動。主要是鍛鍊上身。醫生雖也說過，運動對於延緩老年痴呆症有所助益，但我不是為了這個。我是因為恩熙。在剎那的對決中，左右生命的，正是上身的肌力。抓住、按著、然後扭轉。對於哺乳動物來說，有呼吸器官的脖子是最大的弱點。如果氧氣無法供給到腦部，在幾分鐘之內就會喪命，或者腦死。

在文化中心認識的人說我的詩很好，要刊登在自己發行的文藝雜誌上。這已經是超過三十年前的事了，我說就那樣做吧。不久之後，他打電話來，說雜誌已經出版了，詢問要寄到哪裡給我，然後還告訴我他的銀行帳號。我問他是不是要交錢購買，他說大家都這麼做。我回答我不喜歡這麼做，他叫苦連天說雜誌都已經印好了，現在才這麼說，真是太為難他了。我覺得他把「為難」這個詞的意思想得太簡單了，突然感覺到想要加以糾正的強烈欲望。但當初引發這件事的，正是我自己庸俗的欲望，所以也不能只怪罪他。幾天以後，兩百本刊載我詩作的地區性文藝雜誌寄到我的家，還檢附了一張祝賀我進入文壇的卡片。我只留下一本，其餘的一百九十九本全都當作柴火燒了。火燒得真是旺啊，用詩句加熱真是溫暖。

總之，從那以後，我就被稱為詩人。寫下沒有人讀的詩的心情，和不能對任何人說的殺人的心情，並無不同。

•••••••••••

為了等待恩熙，我坐在門廊上眺望沉落在遠山之後的夕陽。我原以為只剩骨架的冬季山川會被染成紅色，沒想到一下子就變得十分漆黑。我竟然會喜歡上這些東西，是不是意味著我已經快死了？現在我看到的這些東西，馬上也會被我遺忘吧？

•••••••••••

聽說如果調查史前時代人類的遺骨，會發現一大半的死因是遭到殺害，有很多情況都是頭蓋骨被鑽了洞，或者骨頭被銳利的東西切斷，很少有自然死亡的。老年痴呆症應該是不存在的，那時候連活下來都很困難。我是屬於史前時代的人，掉落在怪異的世界，因為在那裡活得太久了，所以得到老年痴呆症作為懲罰。

•••••••••••

恩熙有一陣子被霸凌。沒有媽媽、爸爸又這麼老，所以孩子們孤立她，說沒有媽媽陪著長大的話，會不知道怎樣變成女人。女孩子都很鬼靈精，看出恩熙的不足之處而處處刁難她。有一天恩熙去找諮商老師，商談她的單戀。她曾有過喜歡的男孩，可是從隔天開始，恩熙喜歡男生的風言風語就傳遍學校，罵她是破抹布。這些事情我都是從恩熙的日記裡讀到的，我實在不知所措。

連續殺人犯也有解決不了的事情：中學女生的霸凌。

不知道這個孩子是怎麼從那裡掙脫出來的。現在她過得很好，那就行了。

•••••••••••••

最近我經常夢見父親。他打開房門進去後，就坐在小桌子前讀著什麼。那是我的詩集。父親嘴裡塞著滿滿的米糠，看著我笑著。

如果我沒記錯，我曾經結過兩次婚。第一個女人生了兒子，某一天兩個人都不見了。從她帶著兒子逃走的情況判斷，也許她是看到了什麼也未可知。如果我堅持要找她，也不怕找不到，但我想想算了，她也不是會向警察報案的人。我和第二個女人也登記結婚，一起住了五年。她說實在是無法再忍受我，要和我離婚。從她說那些話來看，她根本就不知道我是何等人。我問她究竟我是在哪裡做錯了什麼，她說我是個沒有任何感情的人，她感覺像和一塊冰冷的岩石住在一起，而且她已經有了外遇。

那些女人的表情彷彿難以解讀的暗號，有時因為一點小事就大肆胡鬧；哭起來令人厭煩，笑的時候又令人生氣；高談闊論起雞毛蒜皮的事情時，真是無聊到令人難以忍受。我雖產生過把她殺掉的念頭，但還是強忍住，因為妻子死亡的話，丈夫永遠都會成為第一個被懷疑的對象。至於和妻子有姦情的那個傢伙，我在兩年後找到他，把他殺死、分屍後，全部都丟進豬圈裡。那時的記憶力和現在不可同日而語，不可忘記的事情終究沒有忘記。

•••••••••••

因為我們地區的連續殺人案件影響，最近犯罪專家經常上電視，一個不知道是犯罪心理分析師還是做什麼工作的人曾經說過：

「連續殺人只要一開始就不會停止，兇手需要更強烈的刺激，於是會執拗地尋找下一個犧牲者。因為成癮性極強，即便入獄還是只會思考這個問題。如果感覺到再也不能殺人的絕望感時，他們也許會企圖自殺，可知這種衝動的強烈。」

世上的所有專家，只有在說明我不知道的領域時才是專家。

•••••••••••

最近恩熙回家的時間越來越晚。我不記得是什麼時候聽她說的了，最近她的研究所正在進行將熱帶水果和蔬菜改良為適合我國土壤的研究。他們在溫室裡培養木瓜或芒果。每個村子裡都有很多從菲律賓嫁到國內的女人，她們因為太想念木瓜等水果，所以聽說有一些菲律賓女人到研究所一起照料作物，也把果實摘走。

曾經無法和別人友好相處的恩熙，如今全心照顧安靜成長的植物。

「植物也會彼此傳遞訊號，身處危險的情況時，會分泌出特定的化學物質，藉以警告其他植物。」

「還滿厲害的。」

「它們雖然是微小的東西，但都可以生存下去。」

⋯⋯⋯⋯

隔壁養的狗經常在我們家進進出出，有時會在院子大小便，只要一看到我就開始狂吠。這裡是我家啊，你這隻狗崽子。

拿石頭丟牠，牠也不會逃走，只是在周圍團團轉。下班回來的恩熙說，這隻狗是我們家的。騙人。恩熙為什麼要騙我？

•••••••••••••

我在三十年間持續殺人。那段期間真是努力活著啊！追訴期已經結束，我也可以出去大肆張揚。如果在美國，我都可以出版回憶錄了。人們一定會咒罵我。要罵就罵吧。我還能活多久？現在想想，我也是個狠角色，這麼長的時間都在殺人，說停止就停止。如果問我是什麼感覺，這個嘛，就好像是把船賣掉的船伕或者退伍的傭兵一樣。在六二五戰爭或越戰的時候，一定有人比我殺了更多人，他們晚上都會睡不好覺嗎？不會吧？罪惡感在本質上就是微弱的感覺，恐怖、憤怒和嫉妒等則相對較為強烈，在恐怖和憤怒中是不會有睡意的。每當看到電影或連續劇裡，出現因為罪惡感晚上睡不着的角色時，我都會失笑。連人生是什麼都不知道的編劇，怎麼可以在那裡賣藥啊？

在停止殺人後，我開始打起了保齡球。保齡球圓滑、堅硬、沉重，摸起來的感覺很好。我一個人從早晨打到晚上，直到雙腿發軟、無法走路為止。老闆會把我的球道以外的燈都關掉，那是最後一局的信號。保齡球會讓人上癮，每次都會期待下一局應該會打得更好，剛才錯失的 spare[8] 應該可以彌補回來，分數似乎也會越來越高，但是分數終究都集中在平均值上。

••••••••••••••

整整一面牆都貼滿了便條紙。各色的便條紙不知從何而來，在家裡很常見，也許是恩熙認為對我的記憶力有幫助而買回來的。這種便條紙有固定的名稱，可是我卻記不得了。北邊的一整面牆壁都貼滿了便條紙，現在西邊的牆壁也貼得厚厚的。可是沒有什麼

8 指第一次擲球後球瓶並未全倒，第二次擲球才將球瓶全數擊倒。

用。因為大部分都是不知其意義，以及不知道為什麼而貼的。「一定要對恩熙說的話」就是此類，我想說什麼呢？每一張便條紙就像宇宙的星星一樣，離我好遠。它們之間看起來沒有任何關係。那裡，還貼有醫生說的話：

「您想想看裝載貨物的火車不知道鐵軌已經中斷，仍然繼續行駛的狀況。最後會怎麼樣？火車和貨物在鐵軌中斷的地點會一直堆積，對吧？到最後會亂成一團吧？老伯，這就是您的腦裡正在進行的事。」

••••••••••••

我想起在新詩課程中認識的老女人。她向我悄悄訴說自己過去的戀愛經驗非常豐富（她非常強調這個部分）。她不後悔，因為老了以後都會成為回憶。無聊的時候，她會回想每個一起睡過的男人。我最近就像那個老女人一樣活著，回憶著每一個死在我手裡的人。現在想來，還有那樣的電影呢。殺人的回憶。

●●●●●●●●●●●●●

我相信真有殭屍存在。現在看不到，並不意味不存在。我常看殭屍電影，也曾經把斧頭放在房間裡。恩熙問我為什麼要這麼做，我說是因為殭屍的緣故。對屍體來說，斧頭是最適合的工具。

●●●●●●●●●●●●●

被殺害是最糟糕的，絕對不能遭遇這事。

●●●●●●●●●●●●●

我在枕頭旁邊的針線盒裡藏了針筒，也準備了達到致死量的戊巴比妥鈉，那是讓牛、豬安樂死時使用的藥物。我想等到牆壁都貼滿了便條紙的時候使用，太晚是不行的。

我害怕，坦白說，我有點害怕。

……●……

讀佛經吧！

……●……

我的頭腦非常複雜。失去了記憶，心靈的停駐之處也於焉消失。

……●……

詩人法蘭西斯·湯普森曾說過這樣的話：「我們所有人都在他人的痛苦中誕生，在自己的苦痛中死亡。」生下我的母親，您的兒子即將死去。腦部被鑽了好多洞。我是不是得了人類瘋牛病？會不會是醫院瞞著我？

好長時間沒有和恩熙去市區的中餐廳吃飯了，我們點了澆上檸檬醬料的炸雞和熘三絲，但我吃不出來那究竟是什麼味道。是不是連味覺都消失了？我雖問了恩熙研究所的工作情況，但她總是不置可否地敷衍過去。恩熙好像用一種這個世界上所有事情都不會影響到她的態度說話、行動。她好像在說：是啊，我人是在那裡，而且那裡也是人類居住的地方；每天都會有一些事情發生，但那跟我一點關係都沒有，也不會對我有任何影響。

恩熙和我沒有什麼話說。我不瞭解恩熙的生活，恩熙也不知道我究竟是誰。但是我們最近發現了一個共同的話題：我的老年痴呆症。恩熙非常害怕，因為害怕，所以經常把這個話題掛在嘴邊。如果我的症狀越來越嚴重，卻也不得不活下去，那她也許要辭掉工作，專心照顧我也未可知。怎麼會有年輕女子想在孤立的偏遠村落，照顧罹患老年痴呆症的父親？老年痴呆症是退行性的病症，不可能好轉，所以快點死掉對大家都好。而且，恩熙呀，我如果死掉，還會有一件好事。我如果死去，妳就會成為我的保險受益人，雖然妳還不知道。

已經超過十年了。保險業務員接到我的聯絡電話到家裡來，她對極高的保險金額感到驚訝。這個看起來像是四十歲過半的女人似乎沒有什麼經驗，一定是照顧孩子很久，每天只做家務，很晚才踏進保險業。

「受益人都要寫女兒嗎？」

「我沒有其他家人。以前有一個妹妹，很早就死了。」

「雖然得為女兒著想，但也應該為您本人的老年生活做準備啊！」

「我的老年生活已經準備好了。」

「最近平均壽命比以前長太多了，您應該為『活太久的危險』做準備。」

「活太久的危險」？最近的人創造了太多有趣的話語。我一句話也沒說，只是緊盯著保險業務員的臉孔。我百分之百了解怎麼減少「活太久的危險」的方法。不知是不是從我的眼角察覺到某種威脅的徵兆，女人略微顫抖了一下。

「那，就按照您希望的做吧。即便如此，還是得準備啊……」

女人開始很快地攤開我要簽名的文件。我簽了又簽。我死了以後，保險公司必須付給恩熙巨額的保險金。可是如果恩熙比我早死呢？一想到恩熙被誰抓去殺害，我就覺得很痛苦，因為我比誰都清楚那意味著什麼。

……●●●●……

我活到現在，從來沒有對誰破口大罵。我不喝酒、不抽菸、也不罵人，所以常有人問我是不是篤信耶穌？有一些傻瓜一輩子就只會把人歸類在幾個框架裡。雖然很方便，但是很危險。他們永遠搞不懂像我這類無法歸入他們那個不嚴謹框架裡的人。

……●●●●……

早上我睜開眼睛，見是一個陌生的地方。我快速起身，只穿上一條褲子就衝到外面去。我沒看過的狗朝我狂吠。我慌忙地想找鞋子，卻看見從廚房走出來的恩熙。這裡是我的家，還好，恩熙還在我的記憶當中。

……

大概是五年前的事吧。我和村裡的老人去日本溫泉旅行，關西國際機場入境審查櫃檯的官員問我。

「What do you do?」

我也不知道是哪根筋不對，回答他：killing people。官員瞄了一下我的臉，問我「你是醫生嗎？」他可能是把「killing」誤聽成「healing」，我不置可否地點點頭，因為獸醫也是醫師。他說歡迎來日本，在我的護照上蓋下入境章。

去你媽的 healing。

……

可以沒有痛苦地死去，那是我唯一的慰安。我在死去之前會變成傻瓜，連我自己是誰都不知道。

……

村裡有人只要喝了酒，就會把酒席上發生的事情全部忘記。死亡也許是一杯能遺忘生命這個無聊酒席的毒酒。

……

我看到恩熙發給朋友的文字訊息。

「我好像快瘋了，每天都好辛苦。」

朋友發來不知是安慰她，還是挖苦她的訊息。

「孝女誕生了。妳真是太偉大了。」

「以後不知道會怎樣，這點更可怕。聽說得到老年痴呆症的話，連人格都會改變。好像已經開始了。」

「送他去安養院吧！妳不是說他不是妳的親生父親，為什麼妳要承擔這一切？」

朋友持續發來訊息，說不要有罪惡感，反正他也記不得。恩熙這樣回答：

「有人說即使是痴呆患者也會留下感情的。」

留下感情。留下感情。留下感情。我一整天再三咀嚼這句話。

……●●●●……

我的一生好像可以分成三個階段，殺死父親之前的幼年、身為殺人者的青年期和壯年期、不再殺人的安穩生命。恩熙是象徵我人生第三期的……嗯，應該怎麼說？好像是護身符吧？早上一睜開眼，如果能看到恩熙的話，就意味著我沒回到盲目尋找犧牲者的過去。我看電視，泰國一個動物園裡，有一頭母獅子因為失去孩子而得了憂鬱症，不吃東西，也不運動。飼養員看不下去，於是把一頭小豬放進獅子籠裡，母獅子以為小豬是自己的孩子，還餵牠奶，把牠養大。我和恩熙的關係不就是如此？

……●……

我沒有任何食慾，只要一吃東西就吐。雖然想吃東西，但不知道想吃的是什麼。我不想做任何事情。我很想嚐嚐畢生沒試過的酒和菸，但是我似乎不會去嘗試的。

……●……

「我有在交往的人。」

恩熙說道。在我的記憶當中——當然現在那些記憶也變得難以確信——這是恩熙第一次提到男人的事情。我突然覺悟到我完全沒有做好接受恩熙男人的準備。我從來沒有想像過恩熙和男人一起生活的樣子，現在也無法想像。我該不是想要永遠和她一起生活吧？

恩熙還是中學生的時候，有幾個男孩子在家附近磨蹭。他們很年輕，而當時的我年紀已經很大了，但沒有一個傢伙在看到我之後不逃走的。我也沒有罵他們或嚇他們。我只是安靜地說了幾句話，不知怎麼回事，所有人都好像被嚇破膽似的逃之夭夭。而無論是多凶惡的狗，只要一來到動物醫院，就立刻夾著尾巴、哼哼唧唧地叫著，讓主人大為吃驚。十多歲的男孩子跟狗沒有不同，第一次見面的眼神，就決定了彼此的關係。

「所以呢？」

「我想帶他來。」

恩熙的兩頰漲得緋紅。

「帶他來家裡？」

「是的。」

「帶來幹嘛？」

「給爸爸看啊！」

「我為什麼要看？」

「他向我求婚。」

「隨便妳吧！」

「不要這樣啦！」

「人到最後都會變成自己一個。」

「最後都會死，為什麼要活呢？」

恩熙低聲的話語裡隱含著淡淡的憤怒。

「妳說的也沒錯。」

「那我不結婚，一輩子守在你身邊，你會高興嗎？」

這是我希望的嗎？我不確定。因為不知道，所以想躲避這個話題。

「反正我不想見他。妳要結婚的話，自己去結！」

「以後再說吧！」

恩熙起身離開房間。不知為什麼，我覺得很丟臉，也很生氣，但我不知道理由。我因為肚子餓了，所以煮麵條來吃，吃到一半，覺得味道怪怪的。後來才發現我沒有放醬油，但無論怎麼找也找不到醬油。好像得買一瓶新的。我死了以後，會不會在家裡某處發現幾十個醬油瓶子？

我洗碗時又再次遭遇挫折。吃剩的麵條整碗放在洗碗槽裡。今天光麵條就吃了兩大碗。

•••••••••••••••••

「我以名譽發誓，我的朋友啊！」查拉圖斯特拉回答道。「你說的一切都不存在。沒有惡魔、沒有地獄。你的靈魂會比你的肉身更快死亡，所以不需再畏懼。」

這彷彿是尼采寫給我的文章。

……

殺人者活得太久的壞處之一：沒有可以敞開心扉交往的朋友。但是別人有這樣的朋友嗎？

……

雷鳴、閃電交加，竹林為之嘈雜不已。我整夜無法成眠。順著屋簷流下來的雨水聲讓我覺得刺耳。以前我曾經非常喜歡那個聲音。

……

恩熙把「正在交往的人」帶來家裡，這種事情還是第一次。所以現在的恩熙是非常認真的，我應該接受。啊！我的手心冒冷汗。

男人開來的車是四輪驅動的吉普車，一眼就能看出是打獵用的，車頂不但裝上探照燈，保險桿上還掛著三個霧燈。這種車的後車廂都改造成能夠用水刷洗，乾電池還多裝了兩個。只要打獵季節一開始，這些傢伙就會聚集到村莊的後山。恩熙大概是選擇了獵人當作未來的丈夫。

「您好，我叫朴柱泰。」

男人向我行大禮，我也欠身還禮。朴柱泰的個子大概只有一百七十公分出頭，比較矮，但臉孔白皙，體格魁梧。仔細一看，他的額頭窄、眼睛小，下巴很尖，是典型的鼠相。不知道是不是為了遮掩這種鼠相，他戴著膠框眼鏡。看起來有點眼熟，又好像沒見過。最近連我都不能相信自己的記憶力，也無法跟他說什麼。他行完大禮之後採跪坐姿，恩熙也進來坐在我和他的中間。

「坐下來吧，不要太拘束。」

「沒關係。」

他話聲方落，我立刻說：

「我得了老年痴呆。阿茲海默症。」

恩熙突然抬起頭來，看著我的臉。那是一種隱含著抗議的眼神。

「聽恩熙說過嗎？」

「聽說了。」

「我如果忘記了也不要介意，醫生說會從最近的記憶開始消失。」

「聽說最近的藥很有效。」

「如果真是那樣就好了。」

恩熙削了梨和蘋果。他邊吃水果，很自然地自我介紹。

「我從事不動產方面的工作。」

「不動產？」

「購買土地後，再分成一塊一塊賣掉。」

「那你為了看土地，一定去了很多地方吧？」

「是必須跑得勤快一點。土地跟女人一樣，只聽別人說是不行的。」

「我們以前有沒有見過？」

「沒有，今天是第一次見面。」

他微微一笑，抬頭看著我。

「也有可能在哪裡見過，他最近常跑這附近。」

恩熙插嘴說道。

「這地方很小。」

他也附和說道。

「原本不是這裡的人吧？」

他說的話裡還留有些微南部地方的腔調，他點點頭承認，卻說出我預料之外的回答。

「是的。在首爾出生、長大的。」

「和恩熙結婚以後，會搬去首爾嗎？」

他很快地查看恩熙和我的臉色，說不會。

「恩熙哪兒也不去。您就在這裡，我們會去哪兒呢？」

「我們會搬到市區去住的。」

恩熙靜靜地伸出手去觸碰他的手，但他並沒有去握住恩熙的手，反而好像受到威脅的蝸牛一樣，縮回手指握成拳。恩熙不好意思地收回手，這雖是在轉眼之間發生的事，卻一直讓我掛心。

他一起身，恩熙也跟在後面。她很熟練地坐上打獵用吉普車的副駕駛座，看也知道已經不止坐過一兩次了。恩熙搖下車窗說，有點事要去市區，又搖上車窗。

我關上大門，進到家裡以後，在記憶消失之前，記錄下與朴柱泰的第一次見面。心情很奇怪，第一次見面的傢伙，我已經非常討厭他了，為什麼？我從那傢伙身上看到了什麼？那究竟是什麼？

……●……

暖氣費用太貴了。所有物價都漲得太嚴重。

……●……

我翻看筆記本，嚇了一大跳。那傢伙就是他，這種事情怎麼可能發生？我好像中了邪。他竟然泰然自若走進我家，而且還是以恩熙未婚夫的身分。即便如此，我竟然沒認出他來。他會不會覺得我在演戲？還是認為我真的已經完全忘記他了？

書讀到一半，從書頁中掉出一張便條紙。應該是很久以前抄下來的吧？紙張都已泛黃。

「如果仔細看深淵太久，深淵就會看著你。 尼采」

•••••••••••••

「妳是怎麼認識朴杜泰的？」

早飯吃到一半，我問恩熙。

「偶然。真的是偶然。」

恩熙說道。不相信人們經常掛在嘴邊的「偶然」，就是智慧的開端。

•••••••••••••

殺人，有時候是最愉快的解決方法。但不是任何時候。

⋯⋯

對了，朴柱泰給我的聯絡電話。那個傢伙自己寫的那張紙，我把它放到哪裡去了？我找了一天也找不到寫著聯絡電話的那張便條紙，找遍了家裡上上下下，就是找不到。找東西越來越困難，會不會是恩熙偷偷丟掉了？

⋯⋯

「您鞋子穿反了。」

村裡雜貨店那女人看著我笑著。我花了好長一段時間理解這句話是什麼意思。鞋子穿反了是什麼意思？比喻嗎？

恩熙出門上班後，我在她桌上發現安養院的廣告單。

「靈魂與身體的安息處。」

「飯店級設施。」

廣告文案非常華麗而具誘惑力。我的靈魂和肉身真的可以在那裡面獲得安息嗎？我將宣傳單摺好，放回原來的位置。恩熙正在編織美夢，和心愛的男人結婚，共組甜蜜的家庭……將像顆絆腳石的我送到安養院……

這是恩熙的想法？還是朴柱泰的詭計？

我在恩熙的手機裡找到朴柱泰的電話號碼。我去市區買東西，順便拜託男店員。人老了有一個好處，就是一般都不會引起懷疑。店員假裝成快遞職員，打電話給朴柱泰。

「配送單上的地址太模糊了。」

朴柱泰乖乖說出了地址。店員將抄好的地址交給我。

「發生了什麼事？」

做完交辦事情的店員笑咪咪地問道。

「我孫女離家出走了。」

店員笑了，為什麼笑呢？你理解我的意思嗎？還是在嘲笑？

⋯⋯●⋯⋯

我跟蹤了朴柱泰。他一天大部分時間都在家裡，下午稍晚才開著自己的打獵用吉普車外出。他幾乎不去茶室這些地方。偶爾他會站在別人的田地或果園的入口，環視周邊，雖然看起來像是察看土地的不動產業者，但他幾乎不與人來往。他有時晚上出門，好像漫無目的地在道路上疾駛。我有強烈預感，也許他的獵物根本不是野獸。如果這個預感正確，這是神丟給我的高級玩笑？還是審判？

……●●●●●……

我很認真地考慮向警方檢舉朴柱泰。那叫什麼來著？法院給的。對了，搜索票。要有那東西才能搜索那傢伙的車和住處。如果搜索以後找不到決定性的證據，他就會被放出來，那麼那傢伙就會懷疑我——他已經對我有所防備，而且在我周邊持續徘徊——如果他真的是犯人，一定會把我或恩熙當作下一個攻擊的目標。那傢伙的眼睛正盯著我們。住在山腳下獨棟平房的七十歲痴呆老人和二十多歲柔弱的女性，看起來真是好欺負。

……●●●●●……

我讓恩熙坐下，告訴她朴柱泰的事情。我撞到他的打獵用吉普車時，從後車廂看到了什麼；滴下來的血又是多麼鮮紅、明亮；他是如何在我周邊徘徊；如果這樣的人「偶然」出現在妳身邊，那這個偶然意味著什麼；妳現在是身處多大的危險。

恩熙耐著性子聽完後，如此說道：

「爸爸，我完全聽不懂您現在在說什麼。」

我又再次試圖說明，可是恩熙的反應都一樣。我的話語太沒有頭緒，所以她聽不懂。我的心情就好像剛學英語的人在美國人面前說話一樣。我盡最大努力說明，對方也盡全力聽，但完全無法溝通。恩熙只是接受了我十分討厭那個男人的事實。恩熙啊，我不是討厭他，而是在警告妳他非常危險。妳正在和非常危險的男人交往，而且妳認識那個男人絕對不是偶然。

我們的對話最終宣告失敗。恩熙的耐性到達頂點，心急的我愈發口齒不清。語言總是比行動緩慢、不確實，而且曖昧模糊。現在到了需要行動的時候。

從恩熙的房間裡傳出壓抑的抽泣聲。

……●●●●……

我到了市區，慎重地選擇了沒有閉路電視的地方，用公共電話打一一二，向警察局報案。我用衣服遮住話筒，改變聲音。我說開打獵用吉普車的朴柱泰是連續殺人案的兇手。值班的人剛開始聽不懂我說的話，我盡可能慢慢清楚說明朴柱泰的吉普車。這次值班的人雖然似乎是聽懂了，但好像不太相信。一一二的值班警察詢問我的身分。我說因為擔心自身安全，所以不能表明身分。他又問我為什麼認為他是兇手，我回答道：

「你們去調查他的車。我在那裡看到血。」

……●●●●……

我明明是進來房間裡要做什麼，但卻完全想不起來，傻傻地站在房間裡好久。操縱我的神好像放掉了操縱桿。我不知道自己要做什麼，發呆了好一會兒。如果抓到朴柱泰，卻發生這樣的情況，我該怎麼辦？

……●●●……

我在電視上看到，一個連續殺人案件的嫌疑犯自願接受調查，但因為沒有可疑之處，立即被釋放。警察為什麼釋放了朴柱泰？真的什麼都找不到嗎？都已經改朝換代了，他們依舊是這麼無能。

……●●●……

我應該直接跟他交手嗎？除此之外，沒有別的辦法嗎？

……●●●……

我生平第一次為了需要殺人而開始思考。畢生收集音響的男人，因為公司的指示，到處尋找、購買活動用擴大機，大概就是這種心情吧？

……●●●……

我已經決定好我的人生要做的最後一件事。那就是殺了朴柱泰。在我忘記他是誰之前。

•·····•••·····•

我曾聽說過有人被雷擊中，活過來之後，突然變成音樂天才的故事。這個美國人開始彈起沒學過的鋼琴，瘋狂地作曲，指揮交響樂團。可是我因為交通事故，腦部受傷以後，失去了殺人的興趣，成了平凡人。如此活了二十多年之後，開始準備非衝動性的殺人、因為需要而進行的殺人。現在神命令我自己重溫我所犯下罪行的神聖性。

•·····•••·····•

醫生曾對我說，老年痴呆症的病患在同時進行幾件事情的時候，會遭遇困難。如果將茶壺放在瓦斯爐上，然後去做別的事情的話，十之八九會把茶壺燒壞。而即便是一邊洗衣服，一邊洗碗的簡單事情，也會有困難。他說女人失憶後首先會無法做菜。真令人意外，做菜反而是必須同時計劃、處理幾件事情的工作。

「把一切單純化是最好的，而且必須養成一次只做一件事情的習慣。」

我決定接受醫生的勸告，眼下應該動員我剩餘的所有能力。這傢伙不可輕看，年輕、健壯，而且還用槍武裝自己。他還能在短時間內誘惑恩熙，得到結婚的承諾，可見口才也好。他接近恩熙的目的應該有兩個，一是想觀察我，二是想殺掉恩熙。當然，如果需要的話，會連我也收拾掉。他已經知道我得了阿茲海默症，如果他判斷沒有必要殺掉我的話，絕不會勉強行動，比起我，他垂涎的對象應該是恩熙。在此之前，一定要先除掉他。我根據媒體報導研判，他的手法應該是綁架年輕女性，經過長期拷打之後，再殺掉。隔了二十五年，我又再次回到我最擅長的領域，但我已經太老了。如果說有比二十五年前更好的事，那就是這次我不需要確保有安全退路。狩獵的全部過程可說包含了跟蹤、捕獲等，但相反地，比起殺死目標物，殺人更優先要考慮的是能安全脫身。將人殺死一事雖然重要，但絕對不能被逮捕。這次不一樣，我要將所有力量用在殺死這傢伙上，因此這次不是殺人，而是狩獵。想要狩獵，第一步是找出獵物出沒的路徑；第二是找出致死點，然後埋伏；第三則是絕不錯過只有一次的機會，一舉將他擊斃。如果失敗，則要再回到第一步，再次重複。

••••••••••••••

從我決定收拾掉朴柱泰開始，食慾突然又回來了，晚上也睡得很好，心情也奇佳。這事情是為了恩熙做的，還是我自己喜歡的，我漸漸陷入混淆。

••••••••••••••

朴柱泰好像住在兩層洋房的一樓和地下室，經過旁邊狹小的田地後，可以看到曾經用作牛舍的建築物。吉普車的車頭伸進牛舍裡，車尾則在牛舍外部。如果不推開門、進入院子裡的話，想要查看屋子裡的動靜是很困難的。胡枝子樹籬笆排列得很巧妙，幾乎完美遮擋住周遭的視線。這種房子也許能夠維持個人的隱私，但很難防範由外部入侵。只要能夠進去，不管在裡面做什麼，外面都無法得知，亦即朴柱泰完全不擔心外部的敵人。我的房子我自己就可以守護，唯一需要擔心的就是周邊的視線。房子安靜地呈現出屋主的想法。

二樓有一個老太婆獨自居住，看起來已經七十好幾了。她和朴柱泰是什麼關係？是朴柱泰的房東嗎？還是有血緣關係？反正那個駝背、行動不便的老太婆不會成為妨礙。

累了，今天就寫到這裡。

••••••••••••

正準備上班的恩熙脖子泛紅。那是用手勒脖子的時候出現的痕跡。我問恩熙脖子怎麼了?恩熙反射性地縮起脖子。我質問恩熙,是不是朴柱泰那傢伙幹的?

「不要隨便叫人家這傢伙、那傢伙的。」

「那脖子怎麼會這樣?」

恩熙說我進房勒了她的脖子。我無法相信、也無法不相信她的話。關於我所做的一切事情都是如此。

「怎麼會這樣呢?爸爸不是那種人啊!好像瘋了一樣,我差點被勒死了!」

「騙人。妳在騙人。」

「我為什麼要騙人?爸,拜託您接受現實吧!您得了老年痴呆症了!」

恩熙口中的「老年痴呆症」一詞,好像揮舞著的鍾子,重重地朝我頭上敲下來。我渾身無力。那彷彿模糊的夢境,我一點也不記得。我茫然無措。如果我真的那麼做了,恩熙能夠活下來算是奇跡。我的臂力可是很強的。我向恩熙道歉,而且告訴她以後睡覺的時候一定要鎖門。恩熙擤完鼻涕、擦乾眼淚後,用一種決絕的表情從抽屜裡拿出以前我看過的安養院宣傳單。我背過臉去不理睬她，但是恩熙沒把手縮回去。

「爸，我太累了，而且為了爸爸著想，您也應該去那裡。我不在的時候，如果發生什麼事怎麼辦？」

我能理解。誰會希望睡到一半被勒死？

「知道了，我會看的。」

按照國家的法律，恩熙可以在任何時候，不經我的同意將我送進精神病院。只要打一通電話，救護車就會來，健壯的男人會幫我穿上約束衣，帶我去隔離病房。就是這樣。沒有家人的同意，患者永遠不可能看到外面的世界。我還看過對遺產繼承不滿的家人，聯手將喝醉的家長關進精神病院裡，然後展開協商的情況。我已經被判定為罹患阿茲海默症，恩熙只要下定決心，就可以隨意處置我，即便是今天。

比起精神病院，安養院好多了。但我現在還不想去任何地方。自由的時間已經所剩不多。

「跟我去看看吧?他們說只參觀也是可以的。」

恩熙抓著我的手，懇切地勸說道。我說我會去的。恩熙去上班以後，我才想起，恩熙的母親就是被我勒死的。

……

我買了外語學習用錄音機，像項鏈一樣掛在脖子上。想做什麼事情的時候，不管是如何簡單的事，我都會先錄音，然後再做那件事情。做到一半如果忘記了，就按下錄音機播放按鍵，如此就可以聽到剛才錄音的內容。之後不斷重複。

說完「去廁所小便」後去廁所，說完「燒開水喝咖啡」後燒開水，就好像幾分鐘前的我對幾分鐘後的我下命令一樣。名為「我」的這個人如此不斷被分離。想不起任何事情的時候，只要看到掛在脖子上的錄音機，就會反射性地按下按鍵。雖然還不是非常迫切需要，但我要在病勢更加惡化之前預做準備。一定要經過無數次的反覆練習，讓身體能夠完全記住。

••••••●••••••

我又再次試圖找恩熙談。她聽著我的話只是默默流淚。她為什麼哭呢？我只是在向她示警而已啊！為什麼會這麼傷心？我只是為她擔心而已啊！對我來說，完全無法理解那麼複雜的情感，那是悲傷嗎？還是憤怒？抑或哀痛？我無法得知。恩熙用淚眼哀求，說不要再把朴柱泰說成是壞人了，聽著太痛苦了。她說他是善良的男人。把要跟她結婚的男人說成是連續殺人犯，是不是太過分了？也沒有證據，怎麼可以那樣懷疑一個人？反正我已經將我的意思確實傳達給恩熙，那就好了。至少我已經在恩熙心裡成功種下對那傢伙的懷疑。擊潰常勝將軍奧賽羅的，正是埃古澆灌的些微疑心。

「您又不是我親生父親！」

恩熙丟下這話後，跑出房間。雖然她說的沒錯，但我卻感到大受侮辱。

我在家裡躺著的時候，有人進來院子裡。那是穿著制服的五個年輕人。剛開始我以為是警察。

「您好！」

三個男人和兩個女人。我問他們是誰，他們回答是警察大學的學生。

「有什麼事？」

他們說在進行分組活動，要挑選延宕許久的未破案件進行調查。他們讓我看幾張新聞報導的影印本，都是我犯下的案件。真是太神奇了。對於幾十年前事情的記憶，反而鮮明到令我十分訝異。

「我們認為這些事件實際上是連續殺人，雖然當時沒有這些認知。」

那些年輕的警察幹部預備生非常興奮地喧鬧，女生非常漂亮，男生也很修長俊秀，在說到連續殺人的情況時，還突然爆出咯咯的清脆笑聲。你們呀，ＦＢＩ的遊戲很好玩的樣子啊！

「我真是搞不懂你們在說什麼？你們為什麼進來我家胡鬧？」

在他們回答之前，一名新的人物登場了，彷彿一幕戲劇場景似的。那是個看起來有五十多歲的男人。警察大學的學生都站起來向他敬禮。

「好了，坐吧！」

全新登場的人物是安刑警。他把名片遞給我，向我問好，說不能只讓警察大學的學生前來，所以只好自己也同行。他雖然看似無心地遠遠坐著，但還是難脫職業上的習慣，眼睛餘光掃著屋子裡的每一個角落。

「你們繼續說。」

安刑警一說完，警察大學學生以更加激動的表情轉向我。

「我們將各個案件的現場用直線連接起來，您看。」

學生們畫在地圖上的直線形成了八角形，那個八角形的中心就是我住的村子。臉蛋很小、鼻子高挺的女學生目光閃爍，貼近地圖。

「如果這個地區有犯人出沒……」

那是我們的村子。

「……我們推斷會是在這裡。當然，不太可能現在還住在這裡啦。」

你們的結論太草率了。原本好像坐著打瞌睡的安刑警也不自覺地猛然抬起頭來，瞪著學生。

「我們村子啊。」

「您一直住在這個村子裡，所以想請問您，當時有沒有看過行為怪異的人？」

「當時有很多間諜，這裡離北邊很近，他們常常跑過來。常常在一起玩的朋友如果幾天看不到，我們通常會說『可能是叔叔來了』，從北邊來的叔叔。大家平常雖然都不說，但早就有所察覺。那時還有很多來登山的外地人被認為是間諜而抓走。」

「我們不是在找間諜。」

個子最高的男學生忍不住插話。我揮手制止他。

「我是說，當時如果有奇怪的人，早已經被當成間諜抓走好幾次了。去通報說有間諜的話，還能領不少獎金呢！」

「啊，您是說犯人有可能是被當成間諜逮捕，然後釋放出來的人？可是那要怎麼找呢？」

瘦高個兒男學生向朋友問道。

「派出所會不會留有那些紀錄？」

「沒有。」

遠遠坐著的安刑警斬釘截鐵說道。

「沒有嗎？」

長著一張瓜子臉的女學生向安刑警追問，帶著些微責難的臉色。充滿自信的年輕警察大學學生，看了類似美國連續劇ＣＳＩ系列之後，夢想成為警察。這些孩子自然不會把鄉下警察局的刑警放在眼裡。可是如果是你們，那時的你們如果是這個地區的警察，真的能抓得到我嗎？如果你們翻看紀錄的話，一定會很寒心的，首次的現場調查馬馬虎虎，共同合作也毫無效果，好不容易抓到的嫌犯都因為無罪而釋放。其中有幾個人在審問中遭到拷打，在民主化以後對政府提起訴訟，並且得到補償。

安刑警說道：

「你們知道八十年代是什麼時代嗎？那是江原道的警察也要戴上頭盔，站在首爾的大學正門口，被火焰瓶攻擊的時代啊！誰會關心鄉下死了幾個人呢？」

安刑警起身到院子裡去抽菸，警察大學的學生也跟著起身。在他們穿鞋子的時候，一個男學生向我悄聲說道：

「安刑警負責那些案件中的幾件，直到現在，每個週末好像都還在到處調查，說要抓殺人犯。公訴時效都已經過了。那些案子他到現在可能還耿耿於懷吧！」

站在院子裡的一個女學生接話道：

「要小心鄉下人，因為他們比看起來的要固執。」

年輕人不知道自己在說什麼，所以我很喜歡他們。

抽著菸的安刑警好像突然想起什麼似的，又往門廊這邊走過來。

「您沒有家人嗎？」

「有一個女兒。」

「啊……」

長久獨居的男人。他是在尋找孤獨的狼吧？在警察大學學生外出參觀村子的期間，安刑警沒跟他們去，一屁股坐在門廊上。

「我雖然沒資格在您面前說這話，但年紀越來越大，身體各個部分都開始故障了。」

他捶了捶膝蓋。如果有人看到，可能會認為我和安刑警是認識已久的村裡朋友。

「哪裡不舒服？」

「糖尿、關節炎、血壓，沒有一個地方沒毛病的。這都是因為他媽的埋伏任務所引起的，真令人厭煩。」

「該去比較舒服的地方好好休息了。」

「進墳墓以後就可以好好休息了。」

「誰說不是？墳墓裡最舒服了。」

一陣沉默。

「每個人都有一兩件那樣的事吧？在死之前一定要完成的事。」

刑警說道。

「誰說不是呢？我也有一件。」

我附和著他說。

「那是什麼呢？」

「反正我有就是了。剛才聽學生說，你還為了抓那傢伙東奔西走。就算抓到他，又有什麼意義呢？你也沒辦法把他關起來。」

「我也不知道自己究竟為什麼還因為那件事到處打轉。最近更嚴重。我一定要提醒那傢伙，有人沒有忘記他，四處搜尋想要抓他，讓他沒法好好睡覺。」

安刑警，你也知道吧？殺人是什麼？血淋淋的現場是何等模樣？殺人，那種不可逆轉的行為力量，擁有將我們深深捲進去的魔力。還有，安刑警，我無論何時何地都睡得很好。

「總之，你也要留意自己的健康，我最近總是忘東忘西。」

「以您的年紀來說，您還是很硬朗的。」

「你知道我的年紀？」

我感覺到他突然侷促不安。我佯裝不知，換了另一個話題。

「醫生說，我的腦部正在萎縮，以後就會像乾癟的核桃一樣吧？」

安刑警沒回任何話。

「說不定明天就會忘記你來過這裡的事實。」

……

警察大學學生離開之後，我還是興奮不已。我真想讓他們坐下，聽我高談闊論。從第一次殺人到最後一次殺人為止，直到現在，所有案件我還記得極其清楚。他們一定會用閃亮而好奇的眼光聽我說話吧？你們看過的那些紀錄都沒有主語吧？只是充滿賓語和謂語的不全紀錄。那裡面用「不詳」替代了那個名字。我就是那個名字，那個主語。我真想如此大聲披露，好不容易才忍住了，因為我還剩下一件要做的事。

……

我去了市裡回來，發現那段時間有人來過我家。雖然手法極為謹慎，但家裡分明被四處翻找過，有幾樣東西我怎麼找也找不到，很明顯是被拿走了。是小偷嗎？家裡從來沒有遭過小偷。晚上我對下班回來的恩熙說家裡遭小偷了。恩熙用十分難堪的表情看著我說，沒有那回事。她問我什麼東西不見了，我卻想不起來，但很清楚的是有東西不見了。我能感覺到，但無法說出口來。

「大家都說如果得了老年痴呆症，媳婦、護士都會被說成是小偷。」

是啊，那叫做小偷妄想吧？我也知道。但這不是妄想啊，明明就有東西不見了。日誌和錄音機都帶在身上，所以沒事，但其它東西卻不見了。

「對了，小狗不見了。小狗不見了。」

「爸，我們家哪有養狗？」

奇怪，我們家好像明明有養狗啊！

⋯⋯⋯⋯⋯⋯

我老家前方的道路櫻花甚美。日據時代種植的櫻花樹隧道下方，每逢春天，人們都會摩肩接踵地在樹下欣賞櫻花。所以櫻花盛開之時，我都會故意繞道而行。原因是我如果看太久的花，就會害怕。凶惡的狗可以用棍子趕走，但對於櫻花是不可能的。花朵猛烈而赤裸裸。我時常想起那條櫻花道。但我究竟在害怕什麼？那只是花而已。

……

我從來沒有被逮捕或拘留，但我仍無法不時刻想到監獄。在我紛亂的夢中，我走在從未去過的監獄走道。我雖努力尋找被分配的房間，但無論如何都找不到，這讓我十分困惑。有時我夢到自己被分配到人滿為患的房間裡，進去卻發現，我殺死的人用歡然的笑臉等待著我。

從電視或小說裡看到的監獄，對我來說是鐵的世界。發出哐噹的聲音打開的鐵門；高聳的圍牆上端，裝飾得像花一般的鐵絲網；嵌緊手腕的手銬和腳鐐；罪囚發出喀噠喀噠聲音的餐具和餐盤；甚至他們穿著的囚衣顏色都可讓人聯想到鐵。

每個人都會有一個救贖之處的想像，可能是灑下和煦陽光的英國風庭園和草坪，也可能是陽臺置放花盆的瑞士風傳統家屋。我則時常想起監獄，想起腋下、腹股溝和全身汗腺發出氣味的粗野男人。其他罪囚因嚴格的位階服從我，在那裡面，我似乎才可以徹底忘記我自己；似乎才可以平息一時無法休息、瞎折騰的我自己。

我也曾對於懲罰室抱有幻想。反覆想著我被關在可聯想到棺木的狹窄房間裡，雙手被銬在後方，只能用舌頭舔餐具的場面。我遭到徹底地踐踏，因而虛脫。我極度渴望、並拚命掙扎著想重回久違的世界、泥土的世界。這個想像帶給我極度刺激的快感。也許因為我長久過著獨自決定、執行所有事情的生活，因而極度厭煩了也未可知。將我惡魔式自我的自主性收斂、歸零的世界，對我而言，那個地方就是監獄和懲罰室。那是我不能殺死、埋葬任何人的地方；那些事情連想像都不可能的地方；我的肉體、精神被徹底破壞的地方。我永遠喪失自我的地方。

•……•……•

我想起不斷聚集在公立運動場的人們。北韓派遣了共匪南下，美國軍艦被扣押、第一夫人遭槍擊，所以大家聚在一起召開聲討大會。講者上臺大聲嘶吼，說要撕裂赤豬金日成、要消滅共產黨。孩子坐在最前排，仰望著講臺。我們知道會發生什麼事。我們都在等待噴出血液、切斷身體的壯觀場面。

「是那個人。」

一個朋友指著坐在講臺後方的年輕男人說道。

「今天是那個大叔，我確定。」

「你怎麼知道？」

「他不是流氓嗎？」

環視他身邊的人，更加凸顯出他的特別。除了他以外，其餘的都是地方社會上的名人：道知事、警察局長、將軍、督學和校長。只有他呈現出用肉體勞動的人特有的緊繃感，胸部太過結實，導致西裝的扣子都扣不上。

不久之後，朋友猜測的那個男人在熱烈的掌聲中站上了講臺。聲討大會將要到達最高點。因為興奮、哭喊而暈倒的女人接連出現。他一出現，兩名穿著棉布裙子的女性舉著紙張，坐在他的前方。他高喊：「把共產黨狗雜碎從地球上消滅！」並從懷裡掏出一把刀。女人發出尖叫，遮住眼睛。他毫不猶豫地拿起刀切下自己的小指。

滅共

兩名女性合力高舉他寫下的血書。此時軍樂隊演奏軍歌〈滅共的火炬〉，樂聲響徹整個公立運動場。守護這片美麗山河的我們，以男子漢的氣魄過著今天，無畏砲彈的火海，為了故鄉父母兄弟的和平，戰友啊，我的國家我來守護，在滅共的火炬下拚死一戰。

救護車在公立運動場的一隅待命。此時，醫療小組從車上下來，向他跑過去。他大吼不需要、都不需要。看到自己血的年輕流氓陷入極度的興奮狀態，就像被捕獲的野獸一樣，環視四方並大口喘著粗氣。坐在後方的警察局長走上前去悄聲說了什麼，他才冷靜下來，任由醫療小組扶著他走下講臺，進行止血。

每次的聲討大會都會有流氓踏上講臺，切下自己的手指，並高喊滅共。就好像一定要在講臺上灑下鮮血，聲討大會才會結束一樣。根據聽來的傳聞，說是警察局會請求幫派份子的協助，此時流氓老大就會指定上講臺的部下。我很好奇，每個地區是否有足夠的流氓可經受那麼多的聲討大會。可是突然有一天，這些大會也消失了，因為大統領被最親近的部下槍擊身亡。人們去抓共產黨這個幽靈的時候，我則持續進行只屬於我的殺戮。我在一九七六年殺死的男子，後來官方公布說是武裝間諜殺害的。

「據推斷，犯人是在殘忍地殺害被害人之後，立即回到北韓。由犯罪現場的殘酷來看，無疑是北韓傀儡集團所為。」

因為是被幽靈殺死的，所以根本沒必要抓犯人。

……●……

我從市裡回家的路上，在村子的入口和一個陌生男子相遇。這個年輕的男人雙手抱胸，從正面狠狠地瞪著我。他是誰？怎麼會這麼直接表現出對我的仇視？我真害怕。仔細想了很久，我剛開始以為是刑警，回家以後翻閱筆記本才恍然大悟，那傢伙是朴柱泰。

那傢伙的臉孔為何這麼無法輸入我的記憶中？真鬱悶啊！總之，在忘記之前寫下來，寫下他的反覆出現。

……●……

恩熙又提起安養院的事情，說只是去看一看。我突然對罹患老年痴呆症的老人過著什麼樣的生活感到好奇，所以決定去一探究竟。可是恩熙生氣了。問她怎麼了，她說我之前回答「我什麼時候說過？」還說我突然發脾氣。

「我？我不記得了。」

恩熙又再次勸說，所以我立刻跟著恩熙出發，在我忘記之前。後來聽錄音機的內容，我一路上一直問恩熙，現在是去哪裡。恩熙耐心回答：「你說想去安養院看看，所以現在我們正要去那裡，只是去參觀而已。」

恩熙用相機把安養院每個地方照下來，說對我以後記住會有幫助。我錄音，並且寫筆記。

老人之間看起來非常和睦。我到聚在一起玩撲克牌的老人中間坐了一下。他們對我很好。堆積木的圖板遊戲不太順利，一再倒下，但是他們非常愉快。

「你看，大家都很有意思吧？」

恩熙對我說道。恩熙不知道，我曾經追求過的愉悅是沒有他人的位子的。我從來沒有感受過和他人一起做事情的喜悅。我永遠都是在深深地挖掘我的內心深處，在那裡面找尋持續長久的快樂。就好像把蛇當作寵物飼養的人購買黃金鼠一樣，我內在的惡魔也經常需要飼料。對我而言，「他人」只有在那時才有意義。我一看到那些老人拍手、高興的樣子，便立即開始憎惡他們。因為笑是弱者的表現，也是向他人顯示自己毫無防備的意思，亦即把自己當作別人飼料的信號。他們看起來非常無力、低俗，而且幼稚。

恩熙和我也進去看了老人聊天的休息室。他們的對話沒有連續性，嚴重的老年痴呆症患者一直反覆沒有意義的話。其他患者聽到那些話以後，紛紛七嘴八舌地說著自己想得起來的話語。即使說了不太好笑的話，通常也會引起爆笑。恩熙說：

「他們怎麼能聽得懂對方的話，還能那樣對話呢？」

不知道是不是因為被問過太多次，社工毫不猶豫地回答道：

「喝醉的人在一起時，彼此也很高興吧？因為愉快的對話並不需要智力啊！」

⋯⋯⋯⋯

我突然在便條紙上寫下「未來記憶」。是看了什麼而寫的？這分明是我的筆跡，但究竟是什麼意思卻想不起來。記住已經發生的事情不才是記憶嗎？可是「未來記憶」是什麼？因為耿耿於懷，所以查了網路。「未來記憶」是指記住未來要做的事情，老年痴呆症患者最快遺忘的就是那個。記住類似「飯後三十分鐘要吃藥」之類的話，正是未來記憶。如果喪失過去的記憶，我無法得知我究竟是誰，如果不能記住未來，我永遠只能停留在現在；如果沒有過去和未來，現在又有什麼意義？但有什麼辦法呢？鐵軌中斷的話，火車也只能停止。

話說回來，重要的事情就在眼前，真是擔心啊！

我喜歡安靜的世界，所以絕對不能住在都市裡。有太多的聲音向我襲來，太多的招牌、指示牌、人、還有他們的表情，我都沒有辦法加以解釋。我會害怕。

我去了好久沒參加的聚會。地區的文人都上了年紀。有一個曾經努力寫過小說的人正在研究族譜，心裡已經開始走向亡者那邊。有幾個寫詩的人現在都迷上寫書法，那也是屬於亡者的文化。

「現在我喜歡看別人寫的文字。」

一個老頭說道。其餘老頭在旁邊附和他。

「東方的文化裡，模仿原本就是基本的啊！」

老了以後，大家都回到東方了。

有一個高工校長退休的老頭，大家依據先前的職稱，稱他為朴校長。他問我現在還寫詩嗎？

「寫啊！」

他要我給大家看。

「沒什麼值得一看的。」

「那也很偉大啊！還在寫。」

「是正處於想寫的階段，可是總寫不好，因為老了吧？」

「是關於什麼的詩？」

「就是經常寫的那些嘛！」

「又是出現血啊、屍體的那些？老了的話，心也應該變得善良一點啊，你這傢伙！」

「我已經變得很善良了。話說回來，在死之前，如果還能再好好地寫一篇，那也就死而無憾了。」

「如果有，絕對不要遲疑，一定要去做。誰知道明天早上眼睛還能不能睜開呢？」

「就是說啊！」

我們一起喝了咖啡，我說：

「我最近又讀了以前讀過的古典作品，希臘的。」

「讀了什麼？」

「悲劇或敘事詩之類的。伊底帕斯也讀，奧德賽也讀。」

「那些東西還看得清楚啊？」

校長摸摸自己的老花眼鏡問道。

「有些東西要老了才看得清楚。」

我去洗手間確認錄音機，都錄得很好。

••••••••••••

我在書架上發現了不錯的詩，大為讚嘆，一讀再讀，想把它背下來。後來才知道那是我寫的詩。

••••••••••••

我看了筆記本又嚇了一跳。警察大學學生來過的事情，已經完全從我的記憶當中抹去，即便這是最近經常經歷的事，但還是讓我不習慣。這和已經忘記的不同，感覺好像是根本沒發生過的事件一樣。我的心情就如同在閱讀南極探險記或犯罪小說中的一頁。可是這明明是我的筆跡。雖然完全沒有記憶，但我還是再次寫下來。昨天五個警察大學學生和安刑警來過。

……●……

最近我把以前的往事記得更清楚了。

我最初的記憶：我坐在置於院子中間的大盆子裡，正潑著水。我大概是在洗澡吧！從我的身體可以完全進入盆子來看，應該是三歲或更小的時候。有一個女人的臉孔幾乎要碰到我的臉，非常近，應該是母親吧？旁邊還有別的女人來來去去。母親好像把我當成從市場買回來的章魚一樣，將我的身體四處翻動，並且用力地搓洗。我能清楚記得母親的氣息從我脖子上吹拂過的那一瞬間，也記得因為耀眼的陽光，不由皺起眉頭的情景。從妹妹不在我的記憶裡來看，大概是在妹妹出生之前或她在別的地方的時候。洗澡快要結束之際，我記得母親突然伸手捏緊我的雞雞，並且說了什麼，之後就什麼都想不起來了。雞雞被抓住，為什麼屁股會痛呢？當時我覺得很奇怪。我還記得不知從哪裡傳來女人的哄然大笑聲。

……●……

人類是關在名為時間的監獄裡的囚犯，罹患老年痴呆症的人則是關在牆壁越來越窄的監獄裡的罪囚，而且變窄的速度越來越快。我覺得快窒息了。

……●……

警察大學學生來過的事情總叫我不安。該不會妨礙我解決掉朴柱泰吧？

……

恩熙徹夜未歸。我心裡已經做好了最壞的打算。我決定天一亮就去找那傢伙，並做好萬全的準備，可是腦子一沉就睡着了。等我醒過來一看，發現恩熙回來又出去的痕跡。太陽已經升上中天。

是在反抗我嗎？

……

翻閱筆記本或聽錄音的內容，有時會看到完全不記得的事情。我的記憶漸漸喪失，因此這是自然之事。但閱讀我不記得的自己的行為、想法和話語時，心情十分奇妙。就好像隔了很久以後，再次閱讀年輕時讀過的俄國小說一樣，背景熟悉、出現的人物也不陌生，可是感受卻十分嶄新。這些場面曾經發生過嗎？

我問恩熙為什麼昨天晚上沒回家。恩熙持續用手指梳理耳下頭髮，並躲避我的目光。這是她努力忍受不想聽的嘮叨時的習慣。從這個習慣，我看到了幼年時期的恩熙。什麼都不懂，只依賴我的、不懂事的恩熙。

「事情都過去了。」

恩熙想轉移話題。

「為什麼這麼做啊？妳以前從來不會這樣的。昨晚睡在哪裡？」

「昨晚睡在哪裡又怎樣？」

恩熙和平時不同，說話語尾上揚。從她突然勃然大怒看來，一定是和那傢伙在一起。連辯解都不要的恩熙，大概認為反正我都會忘記吧？她不知道我是那麼拚命地要抓住記憶。

「那傢伙是藍鬍子。」

「什麼鬍子？他沒留鬍子。」

恩熙的文化素養不太好。

●……●……●

那傢伙為何留給恩熙一條生路？是想把她當成人質嗎？是想讓我不要檢舉他，所以故意把恩熙留在身邊嗎？那就乾脆先把我處理掉不就好了？在猶豫什麼啊？朴柱泰。

●……●……●

恩熙和朋友在講電話。我悄悄地將耳朵貼在門上偷聽她們的對話。恩熙好像深深愛上了朴柱泰，不停談論他，說他有多麼好，對自己有多好。我好像是第一次直接聽到陷入愛河的女人說話的聲音。恩熙從來沒有在像家的環境裡生活過，小時候失去父母，然後就和我住在一起。此刻，恩熙第一次夢想要建立自己的甜蜜家庭。可是恩熙呀，對方為什麼偏偏就是那傢伙呢？為什麼妳所愛之人的命運，是注定要死在我這個殺死妳父母的人手裡呢？

●……●●●……●

我想快點殺死朴柱泰，可是經常精神一沉就忘了，只是心裡著急。會不會就這樣變成一個什麼事情都無法做的存在？真是憂鬱啊！

●……●●●……●

我在恩熙的皮包裡發現安刑警的名片。安刑警為什麼追查我？是不是受到他僅存的成功欲望驅使？

●……●●●……●

自從我警告恩熙說朴柱泰很危險後，她就露骨地躲避我。但是我努力不要埋怨恩熙。總有一天，當我的腦部完全枯乾，再也不記得任何事情，所有的一切都不能按照我的意願成就的時候；或者當我死去、埋葬在墳墓裡時，恩熙將會讀到我的筆記，將會聽到我的錄音。那麼她就會知道我是哪種人，就會知道我為了她準備了哪些事情。

•••••••••••••••

「白天刑警到研究所來找我。」

恩熙說道。我問了以後，覺得應該是安刑警。

「他問我媽媽的事。」

「那妳怎麼回答？」

「要有知道的事情才能回答啊。所以我說我不知道。」

「為什麼現在才有刑警來調查妳媽媽？」

「我怎麼知道？我告訴他，如果他知道什麼事情的話，請告訴我。」

「他怎麼回答？」

「他說好。可是有一件事情很奇怪。」

「是什麼？」

「爸爸您不是說我的親生母親去世了嗎？可是安刑警說她還屬於失蹤人口。親生父親雖然有醫院開的死亡證明，也申報為死亡，但媽媽沒有。她是因為長期失蹤才視為死亡處理。是怎麼回事呢？這不是很奇怪嗎？」

「安刑警這麼說嗎？真奇怪。」

「是啊，安刑警那麼說。」

「孤兒院的院長跟我那麼說的，說妳媽媽過世了，所以我也一直那樣認為。」

「那媽媽現在會在哪裡呢？」

「我哪知道？也許就在很近的地方吧？」

比方說，在我們家的院子裡。

……●●●●……

我聽了錄音機，這幾天錄了好幾首歌，是金秋子和趙容弼的歌，還有朴仁壽的〈春雨〉。春雨，讓我哭泣的春雨，要下到什麼時候呢？連我的心都在哭泣，春雨。

我為什麼唱呢？

不知道。

因為不知道，所以生氣。雖然想全部刪除，但因為不知道刪除的方法，於是作罷。

……●●●●……

我睡了午覺，眼睛一睜開，朴柱泰坐在我枕邊。他強按著我的額頭，讓我不能起身。朴柱泰說，他知道我是誰。我問他，知道我是誰是什麼意思？他說，他和我是同種，他第一眼就看出來了。他還說他知道我第一眼就看出他是誰。

「你要殺了我嗎？」

他搖搖頭，說正在準備更有意思的遊戲，然後開門走了出去。我果然沒猜錯。可是那傢伙在準備的遊戲是什麼？

●……●●●……●

羞恥心和罪惡感：羞恥心是對自己感到慚愧；罪惡感的基準則是從他人、從自己身外而來，覺得羞愧。有一些人是雖有罪惡感，但沒有羞恥心，他們畏懼他人的處罰。我雖能感覺羞恥，但沒有罪惡感。我原本就不懼怕他人的視線或審判，但是我的羞恥心很嚴重。我也曾因為這個理由而殺人——我這種人更危險。

如果放任朴柱泰殺掉恩熙，那就是丟臉的事情。我不會原諒我自己的。

……………

活到現在，我也曾拯救過許多生命，雖然是不能說話的禽獸。

……………

待我回過神來，發現安刑警就在我身邊。我想不起來他是從什麼時候開始坐在我家的長廊下和我對話的。他還在繼續說，彷彿是齣從中途開始看起的電視連續劇。

「……為何偏偏就是那家小店呢？所以您說我是不是會瘋掉？」

「你是說哪家小店？」

我打斷他的話問道。

「就是那家賣香菸的小店啊！我常去買香菸的那家小店。」

「那家賣香菸的小店怎麼了？」

長得跟熊一樣的安刑警，目光無意間變得鋒利。

「您好像真的太健忘了……被殺的女人就在那家小店工作過啊！」

我這才理出頭緒。我殺的第八個人正是大家常說的「香菸小店的小姐」。原來安刑警是那裡的常客啊。可是話題是怎麼扯到這裡的？

「所以呢？」

「那個小姐現在還經常出現在我的夢裡，拜託我一定要抓住犯人。」

我說：

「你一定要抓到啊！」

「一定會抓到的。」

安刑警說道。

「可是去抓最近這麼囂張的連續殺人犯不是更要緊嗎？」

「那是共同搜查本部要做的事。我算是閒職，就當作是消遣吧！」

安刑警從口袋裡掏出香菸盒來。

「聽說對身體不好的這個菸，對於老年痴呆症有益。」

他像是辯解一樣，嘟囔了幾句後，拿出香菸咬著。

「早知道我也學抽菸了。」

安刑警抽出一根菸給我。

「要不要抽一根？」

「我不會啊！」

安刑警的香菸煙霧掠過柱子，飄向上端。

「您該不會連一次都沒抽過吧？那條狗很聽人的話呢！牠的名字是什麼？」

他發出嘖嘖嘖的聲音，招狗過來。雜種黃狗在一定距離之外停住，站在那裡搖著尾巴。

「不是我們家的狗……應該把門關好，要不什麼東西都跑進來了。」

「以前也有啊！不是你們家的狗嗎？」

「從沒見過的東西最近老是進進出出的。滾開！」

「算了吧！牠看起來很乖呢！可是牠嘴裡咬的是什麼？」

「牛骨吧？下邊的鄰居老是煮牛骨湯，一定是從他們家叼來的。就別提味道有多臭了，大家怎麼能每天只吃牛骨湯活下去呢……？可是你在尋找的那個犯人，為什麼到現在為止都抓不到？會不會是已經死了？」

我隨口問道。

「也有可能，但活著的時候，肯定是不安心的。連我都經常做噩夢，殺死那麼多人的傢伙怎麼可能睡得安穩？就算他死了，那也一定是得了各種怪病，吃了各種苦才死的。不是說壓力是萬病的根源嗎？」

「那會不會對老年痴呆症也有影響？」

「什麼？殺人嗎？」

安刑警的眼睛閃耀不已。我連忙搖手說道：

「不是，我是說壓力。」

「不會沒影響吧？」

「哪有沒壓力的人？那些都是人生的……」

因為想不起接下來的話，我發了好一會兒呆。安刑警小心翼翼地接話。

「……原動力？」

「對，不都是人生的原動力嗎？」

我們一起傻笑著。哈哈哈，哈哈哈，哈哈哈。黃狗擺低身子，向我們吠了一聲。

……………

所有的東西都開始混淆。我認為已經用文字寫下來了，可是實際一看，卻什麼都沒寫。我以為已經錄音的內容，卻用文字寫了下來，也有相反的情況。我對於記憶、紀錄和妄想不太能區別。醫生要我聽音樂。根據他的推薦，我開始在家裡聽古典音樂。會有什麼效果呢？他也給我開了新的藥。

⋯⋯⋯⋯⋯⋯

幾天之間，我的症狀好轉許多，是因為新開的藥嗎？我的心情變得很好，想去外面走走，也增加了許多自信心。過去迷迷糊糊的頭腦清澈許多，記憶力好像又再次變得很好。醫生和恩熙也這麼認為。醫生說老年痴呆症通常會伴隨老年憂鬱症。憂鬱症本身也是老年痴呆症惡化的主要原因，因此如果憂鬱症能獲得改善，老年痴呆症的情況將會減緩，或者一時之間，看起來好像好轉了一樣。

我能感受到消失已久的自信心為之重生，好像任何事情都可以做到。趁著頭腦這麼清楚的時候，我要趕緊完成延宕已久的那件事。

又發現一具女性的屍體，這次也是在田間道路的排水管。受害者一樣是全身遭捆綁，丟棄屍體的場所等手法也都相同。警方加強了路檢，並派出大批警力，非常吵鬧。

……●……

我突然萌生這樣的想法：也許我是在嫉妒朴柱泰也未可知。

……●……

我偶爾想到，即使我被逮捕，也不會遭到處罰。奇怪，應該很高興，但心情總是不太好，好像是被人類社會徹底排斥的感覺。我不懂哲學，但我內心深處住著禽獸。禽獸是沒有倫理的，既然沒有倫理，那為什麼會有這樣的感覺？是因為我老了嗎？我到現在沒有被逮捕的原因也許是因為好運，但我為什麼完全感覺不到幸福？然而幸福又是什麼呢？我能感受到我活著，那不就是幸福嗎？那麼我最幸福的時候不就是每天想著殺人、並且籌劃殺人的時候嗎？那時的我就好像緊繃的弦一樣。那個時候和現在一樣，只有現在而已，過去和未來都不存在。

幾年前我去牙科的時候，發現有一本書在說什麼專注的喜悅，我就稍微讀了一下。作者強調專注有多重要、它會帶來多麼大的喜悅等。喂！作者老兄，就在我幼年時期，如果只專注一件事情，大人都會擔心，說這孩子鑽牛角尖。那時只有瘋子才會專注一件事情。好久以前的我埋首於殺人，如果你知道那時我有多麼專注、我在那裡得到的喜悅有多大、如果你知道專注有多麼危險的話，你一定會把嘴巴閉上。專注是危險的。所以才令人喜悅。

我不記得過去未曾傷害任何人的二十五年生命了。只是陳腐的日常生活。我過著扮演傻瓜的生活太久了。

我想再次專注。

交通事故之後，我經歷了極為嚴重的譫妄，應該是腦部手術的後遺症。因為過於嚴重，護士將我的手腳綁在床上。身體雖被綁起來，但心靈卻自由高飛。我做了很多夢。那時有一個奇怪卻清晰的夢，就好像是實際發生過似的，直到現在還留存於我的腦海裡。夢中的我是一個公司職員，也是三個孩子的父親，老大、老二是女兒，老么則是兒子。我拿著妻子準備好的便當，到看起來像是公家機關的地方上班。所有事情都像是已經安排好了，生活愜意卻無趣。那是我一輩子都未曾經驗過的感覺。

吃過午飯以後，我和同事一起去打撞球，再回到辦公室的時候，女職員說妻子打電話來找我。我打了電話回家，妻子的聲音非常急迫，喊著老公、老公，在說了救命之後，電話被切斷。我慌忙跑回家，想說什麼卻說不出任何一句話。我推門進去一看，妻子和三個孩子整齊地躺在一起，與此同時，警察破門而入，將我銬上手銬。這是什麼情況？我是因為要讓自己被抓所以才跑回家的嗎？

譫妄過去之後，每次想起那個夢的時候，我都會感受到某種失落感。那究竟是從何而來？是因為從短暫經歷的平凡生命中被驅趕出去？還是因為失去了妻子和孩子？感受這些實際上從未擁有的經驗十分奇妙，就好像只是因為麻藥的效果出現的錯覺。我的頭腦難道無法加以區分嗎？但是我在夢裡被警察逮捕的那一瞬間所感到的安心，也值得再三玩味。那是一種長久遊歷、看過世上所有美好事物之後，終於回到自己老舊而寒酸的家時的感受。我不屬於便當和辦公室的世界，而是屬於血和手銬的世界。

……●●●●……

我沒有任何優點，只有一件事情是我能做好的，但性質卻無法向任何人炫耀。究竟有多少人帶著不能向任何人訴說的自豪進到墳墓裡去？

要吃藥才能延緩認知能力的減退，但我卻經常忘記應該吃藥，那真是令我困窘。我在月曆上畫上紅點，提醒自己要吃藥，但偶爾會忘記那個點是什麼意思，只是呆呆地站在月曆前好一會兒。

我記得很久以前聽過一個很無趣的笑話。因為突然停電，父親叫兒子去把蠟燭拿來。

「爸，太暗了，我找不到蠟燭。」

「你這個傻瓜，把燈打開不就行了？」

我和藥的關係就是如此。想吃藥的話，一定需要記憶力，因為沒有，所以沒辦法吃藥。

人們都想了解「惡」是什麼，這真是毫無意義的願望。「惡」就像彩虹。你靠近它多少，它就後退多少。因為無法了解，所以才是「惡」。在中世紀的歐洲，後背體位、同性戀不都是罪惡？

……

作曲家留下樂譜的原因，一定是為了以後能夠再次演奏該首曲子。湧現樂曲構思的作曲家腦裡都是靈感的火花吧？那時能沉著地掏出紙張，寫下樂曲，實在是件不容易的事。在謹慎寫下 con fuoco（如火一般，熱情的）等樂曲構思記號的冷靜中，必定有戲劇性的角落。藝術家的內心深處，想必得有個隨時待命的冷靜抄寫員的位置吧？惟有如此，曲子和作曲家才能流傳後世。這個世界應該也存在過未曾留下樂譜的作曲家吧？也有那些身懷絕倫武術，卻永不傳人的江湖高手吧？我用受害者的血寫成的詩，鑑定小組稱為現場的我的詩作，都被鎖在警察局的櫃子裡。

••••••••••••••••••

我經常思考關於未來記憶的問題。我努力不要忘記現在的我，正是因為未來。忘記殺害了數十人的過去也沒關係。我已經過了太久與殺人無關的生活，所以那也不是一件壞事。但是我絕對不能忘記未來，亦即我的計畫。我的計劃：我要殺掉朴柱泰。如果忘記這個未來，恩熙就會淒慘地死在那傢伙的手裡。可是我罹患老年痴呆症的腦袋卻朝著相反方向前進：很久以前的過去保存得很鮮明，但對於未來，卻抵死也不想加以記錄。我感覺這個跡象好像在反覆向我警告「未來」並不存在。可是我持續思考，覺得如果沒有未來，過去也變得沒有意義。

我想起奧德修斯的旅行也是如此。奧德修斯一開始踏上歸途，就被迫停泊在一座島上，當地人只吃「蓮」這種果實。島民親切地勸告他們食用這種島上唯一的食物，他於是遺忘了要回故鄉這件事。不僅如此，部下也全都忘了，忘了什麼？忘記了「回歸」這個目的。故鄉雖然屬於過去，但回去那裡的計劃卻屬於未來。從那以後，奧德修斯不斷地和「忘卻」爭戰。他克服海妖塞壬美妙歌聲的誘惑，也從想將他留下的女神卡呂普索處脫逃。塞壬和卡呂普索期盼的，都是奧德修斯忘記未來，永遠留存於現在，但是奧德修斯與忘卻爭戰到最後，圖謀著回歸。因為只停留於現在，只是沉淪為禽獸的生命。如果忘卻了所有的記憶，就無法再被稱為人類。現在只是連結過去與未來的虛擬接點，其本身什麼都不是。重症老年痴呆症病患和禽獸有何相異之處？沒有什麼不同，吃、拉、笑、哭，然後迎接死亡。奧德修斯拒絕了現在。他怎麼做呢？靠著記住未來、靠著永不放棄前往過去的計劃。

那麼，我要殺掉朴柱泰的計劃也成為一種回歸。回到我已然離開的那個世界，回到連續殺人的時代，因此我必須復原到過去的我。未來就是以這種方式與過去連結。

奧德修斯有苦苦等待他的妻子。在陰暗的過去中，等待我的人是誰呢？是那些死在我手裡、安息在竹林底下、每當颳大風的夜晚都會嘈雜不已的屍體嗎？還是哪個我已經遺忘的人？

……●●●●●……

我覺得醫生一定是在進行腦部手術時，在我的頭部植入了什麼東西。我聽說有那種電腦，一按按鍵，所有紀錄都會刪除，並且自爆。

……●●●●●……

恩熙又沒回家，已經是第幾天了？我也不知道。該不會是已經被那傢伙殺掉了吧？她連電話也不接。我不能再這樣等下去，卻總是記憶混亂。我的心越來越急。

……●●●●●……

因為睡不著，我走到外面，看到夜空中星光燦爛。下一輩子，我想成為天文學家或燈塔看守人。回想起來，跟人類打交道是最辛苦的。

●・・・●●●・・・●

我已經做好了所有準備，現在只要登上舞臺就好了。我做了一百下伏地挺身，肌肉結實而有彈性。

●・・・●●●・・・●

我在夢裡看到父親，我們全身脫光去澡堂洗澡。爸，為什麼脫光去澡堂洗澡呢？我這樣問父親。父親回答：反正都是要脫掉，先脫了再去比較方便。我聽了以後也覺得有道理，可是又覺得很奇怪，又問了父親，那其他人為什麼都穿著衣服去澡堂洗澡呢？父親回答道：

我們不是和別人不一樣嗎？

……

早上一起來，我感覺渾身痠痛。吃完早飯後，我照例做了體操，卻覺得身體刺痛，仔細一看，手和手臂有輕微的傷口。我找出藥箱，擦了軟膏，在房間地板上踩到沙子。夜裡發生了什麼事？我完全記不住，按下錄音機，什麼都沒有錄到。我分明外出回來，但可能沒有帶上錄音機。我好像得了夢遊症。我會不會是夜裡處理掉了朴柱泰？我看了昨天的紀錄，寫著「我已經做好了所有準備，現在只要登上舞臺就好了。我做了一百下伏地挺身，肌肉結實而有彈性」。

打開電視一看，沒有什麼特別的。新聞裡也沒有關於殺人事件的消息，只是一直在重複今年夏天會特別熱的報導。該死的傢伙。那種新聞每年五、六月都會出現。「今年夏天會特別熱。」這都是想多賣幾臺冷氣機的手法。每年初冬的時候，又會出現「今年冬天會特別冷」這樣的新聞。如果那些報導都是真的，那現在地球應該都變成了三溫暖或電冰箱。

我看了一整天新聞，朴柱泰的屍體可能還沒有被發現。在現場周圍徘徊非常危險，我不能去。會有屍體嗎？從手臂的泥土已經乾掉來看，我好像把屍體埋在哪裡了，可是因為想不起來，所以非常鬱悶。如果恩熙發現了那傢伙的屍體，她的表情會如何？之後會怎麼做？她在很久很久以後會不會知道我為了她做了多麼困難的事情？警察會怎麼樣？會不會查明朴柱泰就是把這個村子搞得恐怖至極的連續殺人犯？期待警察做到這個地步有些困難吧？

我洗了澡。仔細將身體洗乾淨後，我把穿過的衣服都燒掉，然後用吸塵器把房間打掃乾淨，將過濾網裡的所有灰塵都燒掉，用消毒劑清洗了過濾網，並把它晾乾。我突然問我自己，這些作為有什麼意義？反正我都會忘記，就算被逮捕，不也只是參觀一下經常在幻想中看到的監獄？那有什麼不好？暫時離開這個混亂的泥土世界，去到經過嚴整規劃的四方形鐵製框架的世界。

••••••••••••

我今天聽了一整天貝多芬的第五號鋼琴協奏曲《皇帝》。

••••••••••••

以前在報紙上讀到這麼一個故事：有個胃癌末期病患住進加護病房，他要護士叫警察來。他向警察告白自己在十年前犯下殺人案。他綁架了合夥人並殺了他。警察在野山找到遺骸。回到加護病房後，犯人已經陷入昏迷狀態，瀕臨死亡。他除了極為嚴重的肉體苦痛外，還必須承受良心的煎熬。世人都原諒了他，看來每個人都覺得他已經付出了犯罪的代價。但是這個世界也能原諒我嗎？對於一個沒有任何苦痛、進入忘卻的狀態，連自己是誰都已遺忘的連續殺人犯而言，這個世界會對他說什麼？

……

今天的精神狀態十分良好，我真的得了阿茲海默症嗎？

……

恩熙為什麼不回家？也不接電話，她會不會已經知道我是誰了？應該不會吧？

……

我在竹林裡散步，淡綠色的竹筍快速生長，和竹筍相關的東西突然浮現在腦海裡，卻又立即消失。我看著天空，竹葉發出嘶嘶嘶的聲音，和風不斷碰撞，我的心靈變得極為平靜。雖不知道這是誰家的竹林，但真的很好。我把村子繞了一圈，總是想著要找出什麼，但那是什麼卻想不起來。我翻開筆記，上面寫著關於朴柱泰和他的吉普車，也寫著那傢伙是多麼常出沒於我的周圍，並且監視著我。我又繞了村子一圈，沒看到朴柱泰和他的狩獵用吉普車。他應該是死在我的手裡了。雖然感覺到一種擊敗年輕人的自豪感，但完全無法記住的這件事讓我非常沮喪。我沒有收集戰利品的習慣。因為我相信能夠在記憶裡記錄得清清楚楚。事實上，如果記不住，那麼被害者的戒指或髮夾等戰利品又有何意義？說不定我還記不住那些東西是從何而來的呢！

⋯⋯⋯⋯⋯

我坐在長廊上眺望夜幕降臨的村子入口。人生就是這樣結束的嗎？

⋯⋯⋯⋯⋯

野狗鑽進洞穴裡。被馴服的狗如果變成野狗，就立刻會像狼一樣行動，看著月亮長吠、挖洞穴，遵循嚴格的社會生活。就算懷孕也得按照順序，只有大王母狗才能懷孕，階層低的母狗如果懷了孩子，會被其他母狗攻擊至死。那隻黃狗已有好幾天一直在院子挖著，今天嘴裡咬著什麼東西走動。不知道是誰家的臭狗，今天又從哪裡咬來什麼東西。我拿著棍子死命打牠，於是牠夾緊尾巴跑了。我用棍子翻動那個沾滿泥土的白皙東西，觀察了一下。

是女人的手。

⁝

朴柱泰還活著。或者是我看錯了。答案就是這兩者之一。

⁝

恩熙還是不接電話。

⁝

老年痴呆症病患就如同搞錯日期、提早一天到機場去的旅客一樣。在與報到櫃檯的航空公司職員見面之前，他堅信自己是正確的，並且非常泰然地走到櫃檯，出示自己的護照和機票。職員搖搖頭說，很抱歉，您提早一天來了，但是他覺得職員看錯了。

「請你再確認一次。」

其他職員也加入對話，並跟他說是他看錯日期了。他無法再固執己見，於是承認是自己搞錯了，然後離去。隔天他又到櫃檯出示機票，並且和職員反覆相同的臺詞。

「您提早一天來了。」

這種事情每天重覆。他永遠無法「準確」到達機場，一直在機場周邊徘徊。他不是被關在現在，而是在某個不是過去、現在和未來的地方，彷徨在「不適當的地方」。沒有任何人可以理解他。在漸增的孤獨和恐怖中，他變成什麼都不做的人，不，變成什麼都不能做的人。

因為開始發呆，我把車停在路邊。我也不知道為什麼會停在那裡。警車停在我的後方，年輕的警察敲了我的車窗。

是陌生的臉孔。

「您在這裡做什麼？」

警察問道。

「我也不知道。」

「老伯，您家在哪？」

我慢慢把行車執照拿出來給他看。

「駕駛執照也拿出來。」

我按照他說的做了。警察上下打量我一番，問道：

「你為什麼來這個地方呢？大半夜的。」

「我說過我不知道啊！」

「跟在我後面。您能開車吧？」

我跟著打開警燈、在前方引導的警車回到村子。到了家裡才想起來，我是要去找恩熙而去朴柱泰的家。我因為口渴打開冰箱，看到放在塑膠袋裡的那隻手。那真的是恩熙的手嗎？啊啊！我一直覺得說不定那只是像恩熙的手罷了，要不然怎麼會送到我這裡來？朴柱泰一定還活著，而且很大膽地將那隻手送來給我。他向我提議要玩遊戲，可是我連他家都沒辦法靠近。不，就算我破門而入，我也沒法贏他。那傢伙就是要這樣耍我，才讓我活著吧？因為這樣的絕望，我渾身發抖。

我開始翻遍整個房間，想要尋找安刑警留給我的名片。我要打電話給他，反正我已經沒有什麼可失去的了，我根本不怕。可是無論我怎麼找，就是找不到安刑警的名片。後來我只好打給一一二，並且說我女兒可能被殺害了，而且我好像也知道犯人是誰，要他們儘快來，在我的記憶消失之前。

……●……

伊底帕斯在路上因為怒氣殺了人，並且忘掉了。剛開始讀到這裡的時候，我覺得他真是了不起，竟然能忘記。瘟疫在國內肆虐時，成為國王的他極為震怒，下令要臣下找出一個犯人來，可是不到一天，他就知道了那個犯人就是他自己。那一瞬間，他感覺到的是羞恥，還是自責？和母親同寢是羞恥，殺死自己的父親是自責吧？

伊底帕斯如果觀看鏡子，那裡面也會有我的存在。雖然相似，但卻是完全顛倒的。他和我一樣都是殺人犯，但他不知道自己殺的人是他父親，以後甚至忘記了該行為。但他後來自覺到自己犯下的罪行，選擇自我毀滅的道路。我從一開始就知道自己殺的是父親，也知道必須殺死他，日後也未曾忘記，其餘的殺人都只是第一次殺人的副歌罷了。每次當我的手沾上鮮血的時候，我都會意識到第一次殺人的陰影。但是在人生的終點，我會忘記所有我曾經犯下的惡行，所以我變成沒有必要、也沒有能力原諒自我的人。拿著拐杖的伊底帕斯雖然直到年老才成為覺醒的人、成熟的人，但我會變成小孩，成為任何人都無法問罪的幽靈。

伊底帕斯的過程是從無知到忘卻、從忘卻到毀滅。但我剛好相反。從毀滅到忘卻、從忘卻到無知，回到單純無知的狀態。

••••••••••••••

穿著便服的刑警敲了我家大門。我穿好衣服，出去把門打開。

「你們是接到報案來的吧？」

「是的，您是金炳秀嗎？」

「對。」

我把置放於塑膠袋裡的手交給他們。

「您說這是狗叼來的？」

「是的。」

「那麼我們可不可以搜索一下這一帶？」

「這裡就不需要搜索了，該去抓犯人啊！」

「犯人是誰？您知道嗎？」

「那傢伙叫朴柱泰，是在這一帶打獵的不動產業者……」

我聽到刑警噗哧的笑聲，一個男人突然從他們後面走出來。

「您是在說我嗎？」

竟然是朴柱泰，他和刑警在一起。我看著他們，雙腿發軟，他們是同一夥的嗎？我指著朴柱泰大叫：

「把這傢伙抓起來。」

朴柱泰笑著。熱熱的東西順著我大腿流下，這是什麼？

「老人家尿尿了。」

刑警忍不住笑起來。我顫抖著跌坐在長廊下，幾隻狼狗從敞開的大門跑進來。

「出示搜索票，雖然不知道他能不能看懂。」

穿著皮夾克、較年長的刑警下達指令，比較年輕的刑警將紙張推到我的面前。

「看到搜索票了吧？開始搜索。」

警犬在院子的一個角落抽搐著鼻子，然後吠了三聲短音。制服警察開始用鏟子挖掘。

「哦，出來了。」

「可是有點奇怪。」

警察找到的東西，一眼就能看出那是孩子的遺骸，分明是很久以前埋下的白骨。警察開始騷動起來，大門外開始有居民聚集。制服警察拉上警戒線。警察好像有些慌亂，又好像有點興奮。究竟是什麼，我也不知道，因為我對於閱讀人們的表情一直很生疏。

可是那孩子是誰呢？很久以前埋的，可是我為什麼記不得？朴柱泰又為什麼跟警察在一起？

……………

我被關起來了。刑警經常來找我，他們一直提到「昨天」。我不記得「昨天」見過他們。我總覺得今天是第一次應訊，所以經常從頭開始說起：我殺了多少人，而且怎樣才沒被逮捕。我寫了哪些詩，為什麼沒有把教詩的講師殺死；關於尼采、荷馬與索福克勒斯，他們多麼犀利地洞察人類的生命與死亡。可是那些刑警好像不太願意聽這些東西，他們對於我自誇的過去和哲學毫無興趣。他們相信是我殺了恩熙，只集中在這個問題上。我說是朴柱泰殺的，他正和恩熙交往。我撞到他的車以後，發現他的車廂裡滴下血液，從那以後，他一直在我的周邊徘徊。

「他是警察啊！」

眼前的刑警揚著嘴角笑道。我反駁他，警察難道不會殺人嗎？他爽快地點點頭。

「會啊！可是這次不是這樣。」

我要他們找安刑警來，也許只有他會相信我的話。刑警這次也毫不留情地搖頭，說不認識姓安的刑警。我詳細敘述了他的衣著相貌、說話的習慣，以及和我談話的內容等。

一名刑警說道：

「說自己記不得最近記憶的人，怎麼會對安刑警記得這麼清楚？」

他好像沒說錯。可是我為什麼生氣？

……●●●●……

我好像被送到平行宇宙。在這個宇宙裡，朴柱泰是警察，沒有安刑警這個人，而我，是殺了恩熙的殺人犯。

……●●●●……

又有一個刑警來找我，他一直問我：

「你為什麼殺了金恩熙？」

「殺死我女兒的人是朴柱泰。」

年紀較大的刑警聽完我的話後，側身問旁邊比較年輕的刑警，好像我不存在似的。

「這有什麼意義？這種調查。」

「但還是要留下調查紀錄，也許他都是在做秀。」

年輕刑警說他再也受不了了，接著說道：

「老伯，金恩熙不是你的女兒。她是療養院護士。是那種去看護居家的老年痴呆症病患，幫助他們的療養院護士啊！」

我聽不懂療養院護士是什麼意思。年紀較大的刑警高聲制止了年輕刑警，說道：

「我的血壓都快爆了。別說了，說了有什麼用啊？」

•••••••••••••••

深淵正注視著我。

…………

我在報紙上發現關於我的報導，於是撕下來收藏。

「……平常幾乎從不缺勤的金恩熙三天沒去上班，而且聯絡不上，家人覺得情況十分奇怪，直覺認為金恩熙發生意外，於是向警方報案。警察調查金恩熙周遭情況時，發現她平常擔任療養院護士，照顧居家的老年痴呆症病患，於是從金恩熙拜訪過的病患展開調查，最終認為金炳秀（70）是重大嫌疑犯，並向法院申請搜索票，在金炳秀住家內外展開搜索，發現了被殺害的金恩熙屍體和遭分屍的部分身體器官。在此之前，據聞警方除了金恩熙的屍體以外，還發現了一具兒童的遺骸，按照遺骸的狀態推斷，應該是在很久以前遭殺害並掩埋的。警方已將遺骸送往國立科學搜查研究所，俟鑑定結果出爐，也將對該遺骸展開調查。據悉，嫌犯金炳秀並無前科，目前罹患重度阿茲海默症，是否加以起訴或暫緩起訴，本報正密切關注中。」

⋯⋯⋯⋯

我經常出現在電視新聞裡。人們不相信恩熙是我女兒。大家都這麼說，我也開始覺得是我記錯了。他們說恩熙是非常盡職的療養院護士，獻身於照顧罹患老年痴呆症的獨居老人。電視反覆播放她的同事流著眼淚為她舉行葬禮的場面。他們因為哭得太過悲傷，連我也差點相信恩熙不是我的女兒，而是療養院護士的話。警察仔細調查我家周邊。基因檢驗、惡魔等單詞開始出現。我把刑警叫來，跟他們說，不要再挖院子了，去挖挖看竹林。刑警一臉緊張，立刻跑了出去。從那時起，電視開始出現我的竹林。無論何時都讓我聽到悅耳歌聲的竹林。

「這裡簡直就是公墓啊，公墓。」

看著包著防水布的遺骸一具具從山上搬運下來，一個村民如此說道。

……

無法理解的事情無止境地持續著。相似的情況中，相似的事情持續反覆。我無法集中精神。我再也記不得任何事情。這裡沒有筆、沒有錄音機，好像都被搶走了。我好不容易才拿到一支粉筆，在牆壁上記錄每天發生的事情。有時覺得做這些又有何用？所有事情都雜亂無章。

……

我雖被拉去進行現場還原，但我什麼都沒做，不，是不能做。連記都記不得的事情要怎麼還原呢？村人朝我丟什麼東西，說我禽獸不如。一個飛來的瓶子擊中我的額頭，好痛啊！

……●……

朴柱泰來找我。我每次看到朴柱泰，都覺得非常混亂。他說在我附近徘徊很久是事實，他懷疑這一帶發生的連續殺人事件與我有關。朴柱泰一坐下，就有一個心理學家進來，坐在他旁邊。好像是在電視裡分析連續殺人犯的心理如何的人，可是又好像不是。

朴柱泰問我：

「你記不記得我和警察大學的學生一起去找過你？」

「那是安刑警。」

「沒有安刑警這個人，是我帶學生去的。」

我頑強地說不可能。朴柱泰轉頭看了心理學家。我沒遺漏他們相視而笑的情況。

「不，你和恩熙來過我家，你不是說要跟恩熙結婚？」

「我是見過金恩熙。因為她經常進出你家，所以問了她幾個問題。」

「我不是撞到你的車了嗎？你的吉普車。那又是怎麼回事？」

「應該沒那回事。我開的車是Avante。」

「你的意思是你也不打獵嗎？」

「不打獵。」

對話越長，我的混亂愈發嚴重。我最後問道：

「連續殺人案結束了嗎？」

「還不知道。再過一陣子就會知道的。」

心理學家和朴柱泰交換了意味深長的微笑後，把我留在原地，逕自走了出去。

•…………•

有些時候，我的精神狀況很好，有些時候只是發呆。

•……●●●……•

「你冤枉嗎？」

刑警問我，我搖搖頭。

「你覺得你是被誣陷的嗎？」

這句話讓我覺得可笑。刑警低估了我，那是讓我心情最惡劣的事情。如果我當初及時被逮捕，會受到比現在更嚴厲的處罰。如果是朴正熙政權時代，我可能會立刻上絞刑臺，或者坐上電椅。

我殺死了恩熙的母親。我去她家，先把恩熙的父親殺死，然後綁架下了班的母親，並把她殺死。年幼的恩熙因為在托兒所，所以逃過一劫。那些場面現在還清晰地留在我的腦海裡，可是為什麼我完全不記得恩熙的死亡？即便如此，警察好像在我家找出許多殺害和埋葬時使用的工具，可能在後院還有我來不及整理的東西。他們說那些工具上都留有我的指紋，唉！他們如果決定要抓我的話，有什麼事是做不出來的？

我聽說，有個畫家因為畫了太多畫作，自己也無法判斷究竟是不是偽作。畫家主張那是偽作，並如此說道：

「雖然似乎是我畫的，但我完全不記得。」

畫家終究在訴訟中敗訴。我就是那樣的心情。我向刑警說道：

「雖然好像是我犯下的罪行，但我完全記不得。」

刑警逼我好好想想，說人都被你殺了，怎麼可能記不得？我抓住他的手。他沒有把我的手甩開。我看著他的眼睛說道：

「你無法理解的。我比誰都想記住那個場面，我也想記住啊！因為對我來說，那些記憶太珍貴了。」

⋯⋯●⋯⋯

大家都否定我對恩熙所有的記憶，沒有一個人站在我這邊。電視這樣描述我：「過去的職業是獸醫，退休後成了一個和鄰居幾乎沒有任何往來的隱居單身漢，也沒有家人來找過他。」

「那有狗嗎？我是說黃狗。」

有一天，我向刑警如此問道。

「狗？啊！那隻狗。狗是存在的，不就是那隻狗挖掘了院子？」

黃狗曾經存在過，這讓我多少有點安心。

「那隻狗現在怎麼了？主人們都成這樣子了。」

「主人們？老伯，您是單身呢！喂，那條狗現在怎麼樣了？那條雜種狗。」

進來送文件的年輕警察回答道：

「因為是沒有主人的雜種狗，村民好像說要把牠抓來吃掉。里長說如果把吃了人肉的狗抓來吃的話，那他們會變成什麼？於是把那條狗給放了，也沒有人收養。現在可能變成野狗了吧？」

我聽到電視裡在談論恩熙。

「平時盡心盡力地照顧痴呆症老人，金恩熙的死亡讓同事掩飾不住內心的悲傷。」

那我和恩熙交談過的那麼多內容又是什麼？難道都是我腦袋裡編造出來的嗎？不可能。想像怎麼可能比現在經歷的現實還要更清楚呢？

•••••••••••

「找到很多遺骸了嗎？」

刑警點點頭。

「我拜託你一件事情。很久以前，我把在市內文化中心工作的女人和她丈夫給殺了。你可不可以去調查一下他們是不是有孩子？」

刑警答應了。他們好像再也不敵視我。有時我還感覺他們很尊重我。甚至，他們好像還把我當成勇敢的內部舉報者似的。幾天以後，刑警來找我，說道：

「他們有一個三歲大的女兒，和父親一起被殺死的。用的是鈍器。」

刑警翻閱文件後微微一笑。

「這真是很有意思的巧合。當時死去孩子的名字也是恩熙。」

……●……

突然間，我覺得我輸了。可是我輸給誰？我也不知道，只是覺得我輸了。

……●……

歲月流逝，審判也隨之進行，人們聚集而來。我被送往不同的地方，人們又蜂擁而至。他們開始詢問我的過去，那是我比較可以詳細回答的部分。我對於自己犯下的罪行可以滔滔不絕，他們也寫了下來。除了殺死父親的事情以外，我全都說了出來。他們問我，為什麼那麼久遠的事情可以記得如此清楚？而對於最近犯下的罪行卻記不得？這像話嗎？是不是因為以前的罪行已經過了追訴期，可以完全坦白。對於最近犯下的罪行，因為害怕被處罰，所以堅不透露？

他們不知道，我現在正在接受處罰。神已經決定要對我進行何種處罰，我已走進遺忘之中。

⋯⋯⋯⋯

我死了以後，會不會變成殭屍？不，我是不是已經變成殭屍？

⋯⋯⋯⋯

一個男人來見我。他說自己是記者，想了解「惡」是什麼？他的迂腐讓我覺得好笑，我問他：

「你為什麼想了解惡是什麼？」

「要知道才能避開啊！」

我回答道：

「如果能知道，那就不是惡了。你去禱告吧！求神能讓惡避開你。」

我對滿臉失望神情的他加上一句：

「可怕的不是惡，而是時間。因為沒有人能夠贏過它。」

……●●●●……

我住在一個像監獄又像醫院的地方。我已不能區分二者的差異。我又好像是來往於二者之間。似乎只過了一兩天，又彷彿過了好久。我不能估算時間，也不知道是上午還是下午。我也無法分辨自己是活著，還是已經死亡。好多陌生人來問我許多名字，可是那些名字已經無法喚醒我任何印象。連接事物的名字和感情的機制已經被破壞。我被孤立於巨大宇宙的一點之上，而且永遠無法脫離。

……●……

這幾天，有一首詩一直在我的腦海裡盤旋不已。就好像江邊的蜉蝣群一樣，緊緊跟隨，揮之不去。那是日本的某個死刑犯寫的一首俳句。

剩下的
歌曲
來世再聽
嘿

……●……

第一次見面的男子坐在我跟前。他的面孔猙獰，所以我有點害怕。他追問我：

「你是不是假裝得到老年痴呆症？想要躲避處罰。」

「我沒得老年痴呆症。我只是經常忘東忘西。」

我回答道。

「剛開始你不是聲稱自己得了老年痴呆症？」

「我？我不記得了。我沒得老年痴呆症，只是有點累而已。不，不是有點，是真的很累。」

他搖搖頭，指著紙張問道：

「你為什麼殺了金恩熙？動機是什麼？」

「我？什麼時候？把誰殺了？」

他不斷說著我無法理解的事情。我因為疲倦，越來越無法支撐我的身體。我向他低頭，然後求他。如果我做錯了什麼事，請一定要原諒我。

……

我連睜開眼睛都很困難，完全無法估算現在幾點。是早晨還是晚上？

……

我幾乎聽不懂人們說的話。

……

我現在終於能領悟到以前無意中背下的《般若心經》章節。我躺在床上一直背誦。

「是故空中無色，無受想行識，無眼耳鼻舌身意，無色聲香味觸法，無眼界，乃至無意識界，無無明，亦無無明盡，乃至無老死，亦無老死盡，無苦集滅道，無智亦無得。」

…………

我悠悠地漂浮在溫水裡，安靜而平穩。我是誰？這是哪裡？微風從空中吹來，我不停地在那裡游著，而無論再怎麼游也無法脫離這裡。這個沒有聲音、沒有震動的世界漸漸變小，不斷地變小，然後變成一個小點，變成宇宙的灰塵，不，連灰塵也於焉消失。

作者的話：這本小說是我的小說

我曾相信寫小說如同孩子玩樂高積木一樣，是我可以任意創造一個世界，然後再加以摧毀的有趣遊戲，但並不是。寫小說就幾近於馬可．波羅去沒有人經驗過的世界旅行一般。首先，他們「要把門打開」，在首次訪問的那個陌生世界裡，我只能在我被允許的時間停留。他們說「時間到了」的話，我就必須離開，就算想再停留也不可以。然後我再次尋找充滿陌生人物的世界，開始流浪。這樣理解以後，我的心裡變得非常平靜。

小說家這個存在，意外地很少有自主性，寫下第一句後，就會被那個句子支配。如果一個人物登場，就必須跟隨那個人物行動，如果到達小說的結尾，作家的自主性則將收斂為零。最後一個句子絕對不能違背前面所寫的任何一個句子。什麼？造物主怎麼會這樣？不可以這樣。

這次的小說因為進度特別緩慢，讓我吃了不少苦頭，常常一整天只寫了一兩個句子。剛開始的時候，我非常煩悶，但想想，那正是主人公的步調，他不是個失去記憶的老人嗎？所以我決定放鬆心情，慢慢的寫。就那樣一個句子、一個句子寫下去的某一天，我突然覺悟到：

這是我的小說，我應該寫，而且只有我能寫。

如果再次回到旅人的比喻，我確信只有我訪問了那個世界，也只有我接受了那個世界。如果沒有這個過程，我大概也無法完成這個小說。

我還在習作的階段時，沒有像樣的收入，只是靠著父母過活。我父親和深更半夜才睡覺、日上三竿時才起床的疏懶兒子不同，總是黎明即起，照料家裡大小。他應該很討厭看到我異常雜亂的書桌，可是卻設法盡量忍受。一天我發牢騷說：「如果有誰每天早上收拾我的書桌，我一定會成為相當不錯的作家。」從那天起，父親總是上來我在二樓的房間，清理我的書桌，將塞滿菸蒂的菸灰缸倒空，然後用水洗乾淨後放回原處。雖然有很多應該感謝的人，但我想把這本小說獻給每天清理懷抱作家夢的兒子菸灰缸的父親。我短居國外的期間，他得了重病，目前也還在與病魔對抗中，我祈求他能健康地活久一點，有朝一日看到兒子成為「相當不錯的作家」。

二〇一三年七月
金英夏

【解說】笑不出來的笑話，薩德－佛陀的惡夢

權熙哲（文學評論家）

1

「但是我敢說，如果你覺得這本小說很好讀，那一瞬間，你就是錯讀了這本小說。」金英夏的這一段話，雖是寫成於他的第四部長篇小說《光之帝國》出版之後，但這段句子如果留給《殺人者的記憶法》的話，那就更好了。

如果《殺人者的記憶法》有什麼明顯的缺點的話，那就是這本小說「太」好讀了。簡潔壓縮的句子都毫不猶豫地朝著事件的結尾前進，這種男性風格的速度掌握了讀者的視線。罹患阿茲海默症的七十歲孤獨老人金炳秀，事實上，他是在三十年間持續不斷殺

人，於二十五年前歇手的連續殺人犯。他能否勝過阿茲海默症？能否能恢復以前的功力，在與全新登場的連續殺人犯朴柱泰的對決中勝利，並保護自己受到朴柱泰覬覦的女兒恩熙？小說看來也快速地朝這些問題的方向前進。

但是看到這本小說的最後十餘頁，讀者可能會覺得惶惑不解，那是因為接近結束部分才發現，因為看得太快而遺漏了決定性的內容。「太」好讀的《殺人者的記憶法》看來似乎是獻給血腥與暴力的小說，但那些部分只是為了最後的大混亂而積累的逆轉裝置而已。這本小說最令人驚悚的瞬間並非揭曉金炳秀最終在戰鬥中落敗，而且女兒恩熙慘遭殺害的場面，而是他拚命想要守護的女兒從一開始就不存在的不安感漸次湧現的場面。那麼，為了保護恩熙所做的努力都是什麼？和金炳秀對決的新的連續殺人犯朴柱泰是否曾經存在？這樣的書寫可說是對男性風格速度的完美背叛，在視野變窄的疾馳中毫無打滑痕跡的緊急煞車，在爆破巨響之間突如其來的完全靜寂；最具決定性的是，這些陌生的氛圍慢慢地轉變為驚悚的體驗。罹患阿茲海默症的前連續殺人犯的孤獨爭戰，即占據這本小說大部分「太」好讀的場面，其實都只是為了將這些緊急煞車和靜寂驚悚的效果最大化，進而精巧地配置那些發出巨響和疾馳的內容。

2

如果你是一位覺得這本小說「太」好讀，因而高度期待《殺人者的記憶法》結局將會如何的讀者，也許會對這本小說最後的大混亂感到失望也未可知。「這所有的一切都是痴呆症老人的妄想而已？兩名連續殺人犯之間應該展開決鬥，怎麼可以變成一場空，而把小說終結？這不是太令人扼腕了嗎？」這種失望很有可能是因為錯過下列的關鍵環節而產生的。

（A）隔壁養的狗經常在我們家進進出出，有時會在院子大小便，只要一看到我就開始叫。這裡是我家啊，你這隻狗崽子。

拿石頭丟牠，牠也不會逃走，只是在周圍團團轉。下班回來的恩熙說，這隻狗是我們家的。騙人。恩熙為什麼要騙我？（六十一～六十二頁）

（B）是啊，那叫做小偷妄想吧？我也知道。但這不是妄想啊，明明就有東西不見了。日誌和錄音機都帶在身上，所以沒事，但其它東西卻不見了。

「對了，小狗不見了。小狗不見了。」

「爸，我們家哪有養狗？」

奇怪，我們家好像明明有養狗啊！（一〇八頁）

（C）「不是我們家的狗……應該把門關好，要不什麼東西都跑進來了。」

「以前也有啊！不是你們家的狗嗎？」

「從沒見過的東西最近老是進進出出的。滾開！」（一三四頁）

「天賦異稟的殺人者」（二十四頁），即便殺人時已經算無遺策，但因為「下次一定可以做得更好」（二十二頁）的希望，不斷進行更完美的殺人。他罹患了阿茲海默症，連自己家的狗都不認識，還拿石頭丟牠。而對於性情大變的主人，自家的狗也不認識了，所以對他狂吠。仔細看來，似乎有種難堪的悲傷，但退一步再次觀之，這場面又有些可笑，在考量（A）、（B）、（C）的落差後，竟然開始令人覺得可怖。對拿石頭丟狗的金炳秀說「這隻狗是我們家的」的恩熙，後來問道：「爸，我們家哪有養狗？」；來找金炳秀的安刑警問「以前也有啊！不是你們家的狗嗎？」這中間到底發生了什麼事？為了彌補不確然的記憶，連續殺人犯將所有事情鉅細靡遺地加以記錄，並且期待該紀錄能支撐住他的世界。但即便是在紀錄裡面，世界仍與自己不一致，甚至緩緩地崩塌。這並不只是單純地敘述不認識自己養的狗，整本小說至終也沒能確認主人公究竟有沒有養狗，構成金炳秀世界的一個小細節變得不確實，繼而開始對世界整體產生懷疑。這本結構精巧的小說縝密地將內容一點一滴裂解，讓金炳秀的整體世界變得脆弱，導向崩潰的狀態。這本小說並不是到最後才將故事翻轉為「這一切都是妄想」，而是直到最後的一滴水將崩潰之前的大混亂引發泛濫之後，我們才為時已晚地得知這個漸次裂解的過程。

3

《殺人者的記憶法》記錄的是世界逐漸傾頹的驚悚體驗，那並不是誇張地呈現阿茲海默症的症狀，金英夏將其呈現為《般若心經》的噩夢。《般若心經》？那不是對於受到痛苦和煩惱煎熬的我們，施以領悟和平安的佛教教誨精髓？那會成為噩夢嗎？受到恐怖煎熬的金炳秀為了安慰自己而經常閱讀，甚至背誦下來的，正是《般若心經》的重要部分，他在紀錄的前半部和後半部反覆引用了兩次。

是故空中無色，無受想行識，無眼耳鼻舌身意，無色聲香味觸法，無眼界，乃至無意識界，無無明，亦無無明盡，乃至無老死，亦無老死盡。無苦集滅道，無智亦無得。（二十六頁，一七七頁。）

我們經驗的世界，構成該世界的所有物質、感覺和思維其實並無實體，而是我們心裡建立的假象，因此，執著於該假象、遭受苦痛是多麼愚蠢的事（無明）。領悟到構成世界的所有東西（色）其實都是空，誤以為達到該領悟的路徑不同，於是又再次執著於修行的權宜之計，再次領悟造成偏見的所有事情其實都是空，如此才醒悟到我們平凡的日常、生命的中央已經與宇宙的祕義一致（本來面目），那才是沒有煩惱和苦痛的干擾，活出安穩的生命（解脫）。這大概就是之前引用強調「空」的《般若心經》的教誨。聽起來可能會覺得有些觀念性，但是這些觀念明顯可看出是引導我們從苦痛中獲得拯救，朝向平安前進的力量。但就是這種方向在《殺人者的記憶法》中顯得驚悚。

你相信你自己是「非常厭惡說話不算話的人」（四十三頁），因此對於自己說出的話一定要信守承諾，所以你按照最後一個被害者，也就是恩熙母親的願望，讓她的女兒活了下來，並且領養她，此刻則要保護她不為新的連續殺人犯朴柱泰所害。可是根本不存在你覺得的、不存在你想要承諾的約定、也不存在你要保護的恩熙（你在殺了恩熙母親之前，就已經把她殺了）；因為恩熙不存在，所以也根本不存在要加害恩熙的朴柱泰，那些與朴柱泰之間發生的微妙心理爭戰也都是假象。因為沒有、沒有、沒有，所以是否那就是平安？那就是無我的境界？如果能從錯誤的認識、固執和苦痛集合體的自我當中解脫固然很好，但這裡剩下的並非無我的狀態，而是極度的混亂。在崩塌的世界中，你再也無法理解任何東西，你唯一能做的，就是在那些無法理解的東西所匯聚的大海上，恒久浮沉。崩塌世界的牆壁愈發緊縮，那將成為變窄的監獄，慢慢地濃縮為黑暗的點，無限地緊縮，繼而收斂為無。那種消失和解脫大為不同，與其說那是無，倒不如說是苦痛與驚悚的無限凝縮。

但是這與金炳秀描述自己阿茲海默症症狀的重要環節完全不同，「詞彙逐漸消失，我的頭部變得像海參一樣平滑、出現漏洞，所有東西為之流失。」（**三十九頁**）因出現漏洞而崩塌的世界碎片全部流失了，剩下的只是流失的碎片影子創造的巨大混沌。成為不能理解、變得平滑、但卻無法解脫而出的一滴大海。這個小說的最後一段，附加於《般若心經》的連續殺人犯的註解就是如此。

我悠悠地漂浮在溫水裡，安靜而平穩。我是誰？這是哪裡？微風從空中吹來，我不停地在那裡游著，而無論再怎麼游也無法脫離這裡。這個沒有聲音、沒有震動的世界漸漸變小，不斷地變小，然後變成一個小點，變成宇宙的灰塵，不，連灰塵也於焉消失。（一七八頁）

金炳秀最終與解脫漸行漸遠，他人生的終點逐漸消失於監獄裡。

4

讓煩惱和憂慮消失的佛教教誨反轉為這種噩夢，也許是從連續殺人犯的創世紀開始也未可知，《殺人者的記憶法》開頭有個場面就是金炳秀讀著《金剛經》。

「應無所住，而生其心。」（二十四頁）

這個句子因為六祖惠能的逸事而特別有名。一個不識字的少年以砍柴維生，某天在牆外聽到讀《金剛經》的聲音，突然產生學習佛法之心，於是辭母上黃梅山師事五祖弘忍習佛，並繼承其衣缽，被立為第六代祖。惠能領悟的章節即為「應無所住，而生其心：人應該對世俗物質無所執著，才有可能深刻悟佛」。萬勿執著於誘惑我們的任何虛相，而應順應自己內心的這個教誨，連續殺人犯似乎用完全不同的方式加以理解。他的心靈和任何人、任何對象都未能產生連結，獨自興起、獨自消亡，正是這個心靈讓他成為連續殺人犯。

我的心是一座沙漠，不曾生長任何東西，也沒有所謂的濕氣。雖也有過努力理解他人的童年，但對我來說，那是極為困難的課題。我經常躲避人們的視線，他們覺得我是謹慎而老實的人。（五十二頁）

我喜歡安靜的世界，所以絕對不能住在都市裡。有太多的聲音向我襲來，太多的招牌、指示牌、人、還有他們的表情，我都沒有辦法加以解釋。我會害怕。（一一七頁）

一個完全無法理解、無法和他人產生連結的膽小鬼，將自己的無能轉換為有能力時，就會否定自己無法理解、無法產生連結的對象，進而轉變為必須破壞的對象時，「惡」就會隨之出現。除了自己以外的任何對象都不會放在心上，自己隨意控制、否定所有對象，藉以確認自己的能力、獲取愉悅，這正是連續殺人犯的心態。「恩熙不知道，我曾經追求過的愉悅是沒有他人的位子的。我從來沒有感受過和他人一起做事情的喜悅。我永遠都是在深深地挖掘我的內心深處，在那裡面找尋持續長久的快樂。」（一一五頁）調查長期未解案件的警察大學學生，拿著他犯下的案件資料前來家裡時，金炳秀極度興奮。

警察大學學生離開之後，我還是興奮不已。我真想讓他們坐下，聽我高談闊論。從第一次殺人到最後一次殺人為止，直到現在，所有案件我還記得極其清楚。他們一定會用閃亮而好奇的眼光聽我說話吧？你們看過的那些紀錄都沒有主語吧？只是充滿賓語和謂語的不全紀錄。那裡面用「不詳」替代了那個名字。我就是那個名字，那個主語。我真想如此大聲披露。（一〇七頁）

那些案件中，創造、排列、完成被害者賓語和殘酷謂語的「主語」，正是金炳秀自己，這個事實讓他陷入極度興奮。他在殺人中感覺到的「快感」不只是施行暴力的肉體快感，也是他確認自己是完全主語的靈魂快感。在這個快感中，他除了自己以外，沒有必要考慮任何對象、脈絡，因此也不需躊躇於體念對方，也沒有理由限制或約束自我。連續殺人犯的世界裡，主語只是自己，其餘只是為了讓主語加以否定而準備的、即將破壞的材料罷了。這個單獨存在的主語盡享自己強烈的主權，這也是連續殺人的現場。在這薩德式的快樂舞臺上，自由與孤獨危險地相互糾結。

如此觀之，他告白自己第一次殺人——殺掉父親時的場面，也必須做不同解讀。「將父親殺死是最好的方法，我後悔的只是原本我自己可以做的事，還連累了母親和妹妹。」（四十八頁）。我剛開始讀到這些句子時，認為是「後悔將弱小、善良的兩個女人拉進這個殘忍的事件中」，但此刻卻或可解讀為「後悔將不相干的人拉進這個事件中，破壞了孤獨自由的王國」。

5

「應無所住，而生其心。」被引導至薩德式的噩夢，創造出被害者的期間，連續殺人犯或許也隱約感覺到對自己而言也是噩夢。

每個人都會有一個救贖之處的想像，……我則時常想起監獄，想起腋下、腹股溝和全身汗腺發出氣味的粗野男人。其他罪囚因嚴格的位階服從我，在那裡面，我似乎才可以徹底忘記我自己；似乎才可以平息一時無法休息、瞎折騰的我自己。……也許因為我長久過著獨自決定、執行所有事情的生活，因而極度厭煩了也未可知。將我惡魔式自我的自主性收斂、歸零的世界，對我而言，那個地方就是監獄和懲罰室。那是我不能殺死、埋葬任何人的地方；那些事情連想像都不可能的地方；我的肉體、精神被徹底破壞的地方。我永遠喪失自我的地方。（一一〇頁）

他因為自身的無能，隱隱地盼望將過去無法實現的「建立關係」，以自己熟悉的暴力方式加以強迫實現。在內心深處，他希望獲得其他粗野男人的服從，經由如此的方式，他希望在自由與孤獨中，平息狂暴操控權力的惡魔自主性。他覺得被關在監獄裡，失去孤獨和自由才是自己獲得救贖的方式；他也認為乾脆失去這種惡魔的自主性還比較好，亦即連續殺人的罪行事實上只不過是這個無能的男人錯誤解讀《金剛經》的噩夢、錯誤地揮灑於現實之上而已，他想從噩夢當中醒轉過來。

監獄形象作為連續殺人犯想像的救贖，反映出他畢生做的兩個噩夢。他因為沒有能力和任何人建立關係，雖然盡享獨自主語的自由與權威，但正因為他盡享那種自由和權威，導致他徹底地孤獨，在這個意義上，他被關在惡魔自主性的監獄裡，那是他錯誤解讀《金剛經》的噩夢。他因為這個噩夢，接受連續殺人的處罰，致使他晚年又必須被另一種噩夢所困擾，那即為阿茲海默症——《般若心經》的噩夢。世界朝著「空」傾頹，連續殺人犯傾頹的碎片影子翻湧於混沌的海洋中，雖在其中掙扎，但無法掙脫，這是他的第二個監獄，金炳秀是否不自覺地想像著，囚禁於現實的監獄中，可以將自己從這兩個監獄——噩夢中獲得救贖？

6

《殺人者的記憶法》讓我留下最近較為罕見的「男性」小說的印象，不是因為這本小說推出連續殺人犯，召喚血腥與暴力之故。這本小說蘊涵的成熟男性體驗，呈現的樣子為：一、我們擁有的任何計劃、意志、熱情，都無法獲得相應結局或補償的絕望感；二、我們一步一步行進的生命軌跡，終究以不完全的形態結束的憂鬱預感；三、對於環繞著我們的世界和命運，沒有任何內在的意義，只是一波波湧現的不協調的模糊認知。這本小說用冷酷徹底創造這種模糊認知，並將憂鬱的預感呈現為現實。所以，成熟的男性陽剛氣質所具有的美德是，不會過分嚴肅看待人生拋給我們的某些跡象或誘餌。成熟的男性不執著或心焦於甜蜜的結局，對於痛苦的結局也不會心生挫折或怨恨，也不會陷入倦怠和無力。只有幼稚的男人才會自顧自被誘餌欺騙，並充滿期待，且因為極其期望的結果未能出現大發雷霆、詛咒人生，不久之後，卻又再次去咬誘餌。那些人反覆這些事情的時候，變成無力的廢物而老去。成熟的男人覺得，人生並未蘊含什麼深奧的計劃，也不會做出任何值得信賴的約定，人生只是向我們拋來驚悚或令人厭煩的玩笑。人生拋出玩笑，男人用笑容回應，對於那種並不單純愉快的玩笑，還能笑得出來的人，才是成熟的男人。

思慮綿密、堅強的男子漢因為能顯現出那種笑容，所以這本小說讓人覺得是男性的。

老年痴呆症對年老的連續殺人犯而言，簡直是人生送來的煩人笑話，不，是整人節目的偷拍相機：嚇了一跳吧？對不起，我只是開玩笑而已。（五十四頁）

我雖長得像似對悲傷無感，但對於幽默卻是有所反應的。（二十三頁）

我們之所以能夠在最後的大混亂之前，幾乎是以愉快的心情閱讀這個可怕的故事，應該也是因為成熟男性的幽默感吧！這個男人甚至模仿人生，自己創造令人厭煩的笑話。雖然能笑出聲來，但不久之後卻變成冷颼颼的笑話，例如以下的段落：

我因為不知道詩是什麼，所以直接寫出我殺人的過程。……老師說我的詩語非常新穎，……他反覆讚賞我的「metaphor」……，聽起來，metaphor 就是隱喻。

啊哈！

你這個人啊，很抱歉，那些東西不是隱喻啊！（二十五～二十六頁）

聽說我們郡和鄰近的郡有三個女子連續遇害，警方研判是連續殺人，……在我被宣判得了阿茲海默症之後，出現了第三個被害者，所以我當然會這麼問自己：

是我嗎？（二十九頁）

如此看來，金炳秀掀起的對決並不是對抗另一個連續殺人犯，而似乎是對抗人生拋出的笑話。他已經做好以笑容回應人生笑話的準備；反之，他自己看來有時也向人生拋出笑話，但是，連續殺人犯終究也證明他無法豁然而笑，並好好玩一場。「突然間，我覺得我輸了。可是我輸給誰？我也不知道，只是覺得我輸了。」（一七二頁）因為他分配到的命運的笑話太過強烈而驚悚，任誰都無法笑出來。這是精巧雕琢出的恐怖紀錄。甚至，這是連讓人們陷入恐怖糾纏的連續殺人犯，也無法承受的驚悚。我們當中，沒有任何人能夠勝過雙重的噩夢或雙重的監獄所形成的恐怖，或許那就是《殺人者的記憶法》傳遞給我們的惡意的禮物。

關於殺人者的記憶法

金英夏

＊此為原書於二〇一三年出版前，刊載於韓國YES24網路書店的三篇文章。

這是我的小說

我分明曾經在哪裡讀過，可是為了引用而google時，卻遍尋不到。根據我的記憶，寫下《誰怕吳爾芙》（*Who's Afraid of Virginia Woolf?*）的作家愛德華·阿爾比（Edward Albee）在被問到寫一齣戲劇需要多長時間的問題時，他如此回答：

「一輩子（All my life）。」

因為這實在是太棒的回答，我心想應該會有人將之上傳到網頁，但是沒有。要麼就是我記錯了，要麼就是大家意外地對愛德華·阿爾比不感興趣，應該就是這二者之一吧？總之我沒能找到相關資料。

我也曾被問及寫一篇小說需要多長時間，我認為「每一本小說都不一樣」是最好的答案，但大作家阿爾比終究是與眾不同，他簡潔清楚地概括出創作的祕密：

All my life.

這次找到的其他訪談中，阿爾比有比較親切的回答：

「有一天我突然驚覺我正思考著某一齣戲劇，換言之，我在無意識中對其思索良久，因為不知道已經過了多久的時間，所以寫作一齣戲劇究竟要花多長時間的答案也不明確。如果我開始意識到我正構思某齣劇，那我就會持續思考，該思考會再次被鎖進無意識之中，然後又再次彈回（pops up）意識之中，終於在某個瞬間，會不想再把這個思考放回無意識中，希望將其留置在意識中加以探討，並且到達某一階段。直到那時，我才會比較清楚地知道我設定的人物。而為了搞清楚我有多瞭解我的人物，我會嘗試比較有趣的事，那就是我會設計一些我絕對不會放進那齣戲劇裡的場景，我的人物會在那個場景裡走上很長時間，也會說一些即興的台詞，如果很順利，我就可以放心地將我的人物投入劇裡，因為我已經充分瞭解了這些人物。從那時起，我才會開始執筆。」

根據妻子的記憶，聽到《殺人者的記憶法》的構思是在十年前，她說是在我們還住在痲浦區城山洞的時期，我很驚異地問道：

「已經有那麼久了？」

妻子對自己正確的記憶力極為自豪，毫不猶豫地說出正確的時間和場所，直到那時我才隱約記起。

那麼十年當中我做了什麼？我寫了別的小說，《黑色花》、《光之帝國》、《猜謎秀》以及《聽見你的聲音》。在書寫四本長篇小說的期間，我在無意識中也依舊懷揣著「罹患老年痴呆症的連續殺人犯」的故事，直到今年初，那個故事才又「彈回」（借用阿爾比的說法）我的意識之中。這類事情經常都是以這種方式開始，正如同在聽不到任何聲音的安靜時刻，我躺在房間地板上，沉浸於各種雜念的時候，快遞員突然上門一樣。我立刻知曉下次應該寫的小說是什麼。

也許是父親的緣故也未可知。我去年秋天停留在紐約的時候，接到父親罹患口腔癌第四期的診斷消息。他接下來進行了化療和三次大手術，恢復的期間也是十分漫長而艱辛。我回國的時候，手術雖都已結束，但因為長久麻醉的後遺症，父親出現譫妄的症狀，因為看到幻影而從床上猛然起身，有時連人也分辨不清。

父親曾是白馬部隊的成員，參加過越戰，當時沒有受過一次傷，安然無恙地回到國內，其後甚至沒有得過一次感冒，身體十分硬朗；而因為他連牙齒都非常堅硬，直到不久前，都是用牙齒打開燒酒瓶蓋。但就在過了花甲之後，突然得了腦中風，雖未能明確知悉罹患中風的原因，但退輔會大致認定是枯葉劑（又名橙劑）的後遺症所致，父親也因此領取了小額的年金作為補償。父親在越南時，美軍在空中噴灑了非常大量的橙劑，也許父親因此沾染到。枯葉劑的其他後遺症之一是喉癌，父親罹患的雖然是口腔癌，但發現當時，癌細胞已經擴散到扁桃腺和喉頭；究竟是因為枯葉劑的原因，還是抽了一輩子香菸的原因，抑或是否有其他原因，沒有任何人知道。我看著躺在病床上的父親，突然想起當時不知是否存在於身體裡的開關。無論是福島的輻射，還是越南的枯葉劑，只要時間一到，存在於某人身體裡的死亡開關都會啟動。不久之前，安潔莉娜．裘莉

（Angelina Jolie）為了去除這個死亡的開關，乾脆就把尚未發生任何問題的乳房切除掉。

幾天之前，大韓民國的大法院在經過十九年的審理之後，枯葉劑訴訟的最終判決下來了，在這個越戰參戰軍人對製造橙劑的美國廠商提出受害賠償的訴訟中，法院只承認與「氯痤瘡」有關，其餘的傷害均認為無關。老實說，越戰參戰軍人敗訴了。誰會相信一次就能讓存在於地上的所有植物都枯死的可怕毒素，竟然只對人類的粉刺有所影響？但按照證據不充分時、只能判無罪的法律精神來看，法院也無法輕易認定其因果關係。

以前枯葉劑戰友會曾發起激烈的示威，還記得當時情景的警察表示，他們在判決前布署在大法院周邊戒備，但年紀已經超過七十歲的年老原告似乎已經預見敗訴的結果，紛紛安靜地離開法院。是的，他們是敗者，但不是輸給製造橙劑的廠商，而是敗給時間本身。在經過十九年漫長歲月後，因為枯葉劑的直接傷害致死的人都死亡了，剩下的人即便此刻離開人世，也會被稱為是喜喪。

我想起我曾使用特土良（Tertullianus）的話作為《聽見你的聲音》中的副標題，或許這句話用在這本小說會更合適。

「唯有出生的才會死，誕生是欠死亡的債。」

死亡的開關怎會只存在於受輻射或枯葉劑影響的被害者體內？正如證券營業員著名的笑話一樣，我們都會「定期地」死亡。死亡正如病毒一樣，在我們體內潛伏一陣子之後，終有一日必定會將我們擊潰。也許，以昏厥的樣貌躺臥於病床上的父親，開啟了我內在的另一開關也未可知，深埋在無意識中的故事又彈回意識之上。二〇一三年一月十二日的日記本裡，我如此寫道：

「我開始構思新的長篇小說。」

如果是愛德華．阿爾比，他一定會這麼說：

「我領悟到我已經開始構思新的長篇小說了。」

兩句話約莫是相同的意思。

我應該寫

腦海裡如果人物浮現，最先要做的事就是用該人的口吻說話，故事情節、結構或主題都是以後的問題，一定要讓該人物開口說話，那是作家和人物舉行的一種面試。小說何時能構思完成雖無法明確界定，但卻可以決定要從何時開始執筆，那就是登場人物開口說話的那一瞬間，也是作家寫下說話內容的那一瞬間。

我看著電腦畫面的空白處。我在寫初稿時，會使用名為「writeroom」的程式，這個程式會將電腦畫面整體覆蓋成漆黑狀態，就如同卡爾．薩根（Carl Sagan）在《宇宙》（*Cosmos*）一書的序文中所描寫的，觀看茫茫的宇宙空間一樣的心情。這本小說因為是第一人稱的視角，更需要以主人公的話語開始。在與這個空無一物的宇宙奮戰許久之後，第一句終於誕生。這是長久以來潛伏在我無意識當中的人物終於開口的瞬間，這些瞬間總是令人驚異，這本小說的主人公如此說道：

我最後一次殺人已是在二十五年前，不，是二十六年前吧？反正就約莫是那時候的事。直到那時為止，促使我去殺人的原因並非人們經常想到的殺人衝動、變態性慾等這些東西，而是「惋惜」、還可以成就更完美快感的希望。在埋下死者的時候，我總是重複說著：

下次一定可以做得更好。

我之所以停止殺人，正是那點希望為之消失所致。

我非常喜歡這個人物，我認為自己可以信任他，可以把他設定為我小說的主人公。二〇一三年二月初，我正式開始執筆，速度十分緩慢，很多時候一天只能寫一兩句。在極度的鬱悶之後，我突然領悟到，我必須配合喪失記憶的年老連續殺人犯的速度，於是心情變得略微舒坦。我寫下一點東西之後，休息了很久。休息的時候，我讀了尼采的書，那是崔勝子詩人很久以前翻譯的《查拉圖斯特拉如是說》。

每當寫小說的時候，我會「收集」關於我的人物的詳細資訊，其中之一就是「該人物閱讀的書籍目錄」。《光之帝國》的主人公基榮讀了松尾芭蕉的俳句，《聽見你的聲音》裡的J大肆閱讀人們丟棄在回收垃圾筒裡的書籍，但是這本小說的主人公似乎只閱讀尼采和希臘悲劇。我把積滿灰塵的書拿出來，放在書桌的一側，有空的時候就加以翻看。小說裡雖沒有引用，但尼采的查拉圖斯特拉說了這些話：

「看！我對我的智慧感到厭膩，恰如一隻收集過多糖蜜的蜜蜂，此刻我需要有手來接取智慧。」

「用血書寫箴言的人，並不是希望讓人誦讀，而是希望讓人銘記。」

「事實上，我們熱愛生活並不是因為習慣生活，而是習慣熱愛之故。」

分明是我創造的人物，但我閱讀他讀的書，例如《查拉圖斯特拉如是說》之後，感覺更為瞭解他了，這種感覺很奇妙。寫小說並非將腦海裡的東西搬移到紙張上，而是更加微妙、複雜的過程；是已經寫的與尚未寫的內容之間無止境的反饋過程。已經寫的東西會影響未來即將寫的內容，即便是作家，也不得不受已經寫過的東西影響。經由如此的過程，小說、小說裡的人物會如同客人一樣前來，慢慢支配作家。在開始寫小說時，擁有百分之百自主性的作家，在寫下最後一個句子時，自主性只剩零。作家無法寫下任何違背之前句子的內容，小說越是進入結尾，作家就越成為被動的存在。有些作家喜歡這種狀態，有些作家則非常厭惡。托爾斯泰在《安娜．卡列尼娜》（*Anna Karenina*）連載的最後階段曾寄信給朋友，向朋友抱怨。托爾斯泰似乎屬於後者，他說：「安娜這個女人實在是太可怕了，我真希望快點脫離她。」我則屬於前者，我喜歡服從已經設定的人物和前提，也喜歡成為其奴隸。

在還是新人作家的時期，我覺得也許我是創造一個世界的創造主也未可知，現在我覺得自己像馬可．波羅一樣，是尋找陌生土地的旅行者，只要他們不打開城門，我就進不去那裡面。我在好不容易才獲准進入的那個都市裡認識設定的人物，並且熟悉該地的風俗，可是我總有一天註定得離開那裡，因此我如何能不惋惜在那城市裡的最後一瞬間？那個充滿我熟悉人物的城市。

在小說即將完成之際，我和編輯我的小說超過十年的主編一起吃晚飯。主編問我：

「新的長篇小說何時開始呢？還沒到開始的階段嗎？」

「事實上，我正要完成一個比較短的長篇小說。」

主編雖未形於色，但我能感覺她著實嚇了一跳。

「什麼時候可以看到原稿？」

「快了。」

為什麼我沒告訴任何人？我雖不知道理由，但我漸漸變成對自己已經開始寫新的小說、以及正在寫的內容緘口的人。我想保留祕密，只有我自己知道。因為我知道在我揭曉的那一瞬間，正是我必須離開那座城市的瞬間；但是我也知道，我永遠無法停留在那座城市裡。

只有我能寫

我雖以短篇小說〈關於鏡子的冥想〉進入文壇，不知是否因為《Review》這本雜誌不是正統的文藝刊物，又或者因為作品不如何，一直沒有刊物請我寫稿。我心想不能再等下去了，於是又寫了短篇小說〈我是美麗的〉，投稿至新成立的文藝刊物《文學村》，兩天後有人跟我聯絡，說希望能刊登原稿，在那之前可否能見一面云云。

當時的《文學村》位於惠化女高附近，一間不知是牛奶供應站還是報紙供應站的商家二樓，這間小型新出版社當時的辦公室還是租賃的，職員大概只有七、八人，所有的編輯都聚集在一起，那時他們都只是三十出頭的年輕評論家，其中有一人問我以下這個問題：

「你會不會殺了太多人了？」

只寫了兩篇短篇小說，裡頭就有三人死亡，其中兩人被關在汽車的後車廂而死，另一人是希望拍攝死亡場面的攝影師，最後被毒死。

聽到這個問題，我心想「啊，文學界不喜歡小說裡描述太多人被殺死。」小時候我熱愛的科南．道爾的福爾摩斯系列中，每一個短篇最少會有一人死亡，不知是不是我熟悉了那類小說，我的小說中無意識地頻繁出現殺人的情景，那位目光銳利的評論家只讀了兩個短篇，就已洞悉我的某一部分。

因為那位評論家這麼說了，我心想是不是要節制一點，但其後這個傾向還是沒有什麼變化。在《我有破壞自己的權利》中，裡頭的女性與自殺嚮導見面後遂行自殺的過程，這在法律上是幫助自殺，但在文學上幾近於殺人。〈我的愛十字起子〉、〈照相館殺人事件〉、〈聖誕頌歌〉以及〈緊急出口〉等作品中，殺人事件接續發生。

我為什麼這麼關注殺人的主題？

我也曾經直接被問過關於殺人的問題。《我有破壞自己的權利》在法國出版時，出版社編輯用電子郵件發來問題：「你是否有過殺人的衝動？」他也是看穿小說的自殺並非自殺，而是殺人；幾天前，又有一位從柏林來的德國記者問我相同的問題。我和他在弘益大學前的咖啡廳見面，他提出了和一九九八年的法國主編同樣的問題。十五年間已有變化了，一九九八年的我正面否認，但二〇一三年的我部分承認，究竟是什麼讓我變得直率？不，「變得直率」這句話並不正確，只是我更加瞭解我自己，毫無矯飾地接受原本的自己而已。二十多歲的我被強烈的攻擊性所束縛，砸碎、揍人、飆車、謾罵、攻擊，如果說我的內在沒有殺人衝動的話，那是騙人的。

我從年紀很小時開始，就很關注人類殺害別人的問題。鸚鵡不會殺死其他鸚鵡，樹懶也不會殺死其他樹懶，可是人類卻經常殺害其他人。報紙的社會版面總是會有殺人事件，人類古老的故事、舊約聖經和希臘、羅馬神話，希臘悲劇等都充斥與殺人相關的故事。為什麼？是因為人類不是鸚鵡，而是從靈長類進化的嗎？這實在是永恒的謎題。

關於我為什麼要寫小說，目前為止出現了各種回答，最近的我最喜歡的回答是「為了瞭解我自己」。只寫了一篇是無法知道的，可是長時間持續寫了好幾篇的話，作家就會面對很鮮明的真實，目前為止所寫的東西正是自己。如此看來，殺人主題和我這個作家是不能分開來檢視的。

除去殺人，我目前為止所寫的十一本小說中，最執著探討的主題就是「記憶」。《我有破壞自己的權利》中的自殺嚮導兼小說家，代替自殺的人，亦即即將為人所遺忘的人，記下他們的故事。《黑色花》寫的是一九〇五年前往墨西哥、在韓日合邦後無法回到故國，徹底被遺忘的一〇三三人的故事，他們完全為人所忘卻，經過幾代之後，被墨西哥社會徹底吸收。《光之帝國》是敘述被派來南韓超過二十年，完全被遺忘的間諜在一天二十四小時內的故事。

至於我為何如此執著於「記憶」這個問題，有一個我個人的原因，導致這成了必然。這得回溯到十歲時的我，曾經歷過二氧化碳中毒，房東在凌晨發覺後，把我和母親送往附近的醫院，接受高壓氧氣筒的急救。醒來後，我失去了對於那之前發生的事情的記憶。

然而很有趣的是，我發現我已喪失之前記憶這件事的時間點，正是在我成為作家之後。那時我也像其他作家一樣，想寫關於童年記憶的小說，但是我完全沒有那個時候的記憶。我的記憶正如到達堤防的渡船一般，回溯到某一瞬間後完全停止。看電視連續劇時，所謂的記憶喪失看起來真的非常簡單、方便，甚至似乎是非常優雅的事故，只要施以若干衝擊，就如魔術一樣，消失的記憶就會再次出現。

記憶喪失因為看起來不像燒傷那麼可怖，發生在美麗的主人公身上似乎也是相當適合的一件事，但如果實際經驗過的話，就知道並非如此簡單。我未曾經歷過電視劇裡過去記憶如同閃光燈發亮，瞬間浮現、瞬間消失這種蒙太奇一般的情況。我喪失了記憶，而且就好像渾然不覺自己失去記憶一樣活著，亦即我遺忘了我已遺忘。幼年的記憶，即過去的某個部分完全消失這件事，讓我無法確認自我。再加上我必須每年跟隨職業軍人父親搬遷一次，這樣的人可說是沒有故鄉，所以我完全無法回溯或再建構我自身的起源。我們家住過的有厚板屋頂的軍官宿舍、草草建蓋的租房，完全都變成不可接近或崩頹的存在。我連一個小學同班的朋友都沒有，他們對我而言就好像是不存在的幽靈一般。

從這個意義上來看，我之所以成為小說家，看來也是相當自然的結果。文學，尤其小說是記憶的藝術，如同某人的名言一般，小說是在黃昏寫就的，在所有的一切都結束之後加以記錄，因此為數眾多的小說家和記憶的問題鬥爭，我之所以總是被小說的那些部分所魅惑也並非偶然。

這所有個人原因的必然中，書名就這麼決定了：殺人者的記憶法。

根據日記所記，我從二〇一三年三月二十一日起開始思考書名，落選的書名計有：

青鬚

刀與骨

別忘記我

熱愛箴言的殺人者

詩人——某個殺人者的故事

活太久的危險

新娘的父親——某個殺人者的告白

我的苦痛沒有字幕

結果或許已經註定了吧？不管怎麼看，還是《殺人者的記憶法》較好。我無法思考其他題目。我的腦中突然浮現這個場面：經過長久的準備，廚師自己的新餐廳終於要開張了，歷經決定菜單、進行裝潢、聘用職員，完成所有準備的廚師最後做的事情就是懸掛招牌。為了察看招牌是否掛妥，他必須退後幾步，廚師也如此做了。此刻我的心情和他相同，定好題目以後，所有事情就結束了，如果有什麼不同的，那就是和懷抱夢想的廚師不同，作家必須立即從自己寫的小說中離開。小說家就是這種職業。

抒情破壞與當代感性
——韓國新世代文學的先行者金英夏及其小說

崔末順（政治大學臺灣文學研究所教授）

金英夏堪稱是韓國當前知名度最高的小說家。最近他在有線電視台的教養綜藝節目中，展現他博學多聞、幽默風趣的小說家本色，侃侃而談他為尋找創作靈感旅行世界各地的所見所聞，不僅引發讀者的關注，也廣受一般觀眾的喜愛。金英夏與媒體之間的緣份不僅如此，他曾在廣播局主持過文學專欄節目，朗讀自己的小說和散文作品，也經營過個人播客平台，流露出他嘗試運用媒體環境，將文學推廣至生活層面的用心與努力。

就小說創作者而言，他是一位非常努力嘗試與周邊社會人群交心的文人。除了藉著言論媒體積極發表個人觀點以外，他也曾為抗議住家附近的都更計畫，訴諸大眾，促使其公論化，而成功擋下亂無章法的市政開發。二〇一六年爆發韓國政治史上劃時代意義的反政府燭光示威時，他也毫不退縮的全程參與此一歷史性行動。金英夏不但關懷社會議題，勇於發聲，在文學創作上也力求多元發展。例如他的多部小說先後被拍成電影時，他都會親自參與電影劇本的編寫，尋求不同於紙本的媒介方式與讀者見面。金英夏懂得運用各種現代媒體，也因此創造出屬於他個人的獨特形象，他不刻意與群眾保持距離，同時又能保有作為文學創作者該有的自由和個人主義風格，而且透過頻繁的媒體曝光，還將個人風格累積為專屬自己的形象資本，在韓國創作界儼然成為一個文化品牌，甚至創造出一種文化現象。如果說，紙本形式的舊媒體文學，如今已為各種新媒體所替代，並喪失了它在大眾心目中的地位，甚至必須依賴新媒體才能維持它對大眾的影響力，這種現象，我們或可視為文學的多元擴大而非文學的矮化。那麼，小說家金英夏可說是比起任何人都要早一步善用了此新文明的利器，藉以提高他個人的文化象徵價值，同時也成功地協助擴展當代韓國文學的場域。

拒絕大敘事的新文學

金英夏及其文學之所以擁有如此特性，一定程度上有賴於他登壇時的一九九〇年代屬性和文壇氛圍。在韓國現代文學史上，一九九〇年代可說是與前時期的民族書寫截然不同的嶄新時代。一九八〇年代的韓國文學，主要是以民族、民眾或勞動文學之名，呼應著社會要求政治民主化和經濟利益均衡分配而熱烈展開的民眾運動，向前邁進。不過，也正因為如此，該時期由於過度重視文學的時代任務，在在顯露出目的指向和理念導向的性格。進入一九九〇年代之後，由於國際政治環境不變，社會主義國家相繼沒落，意識形態的對立劃下休止符，韓國國內也因文人政府的登台，程序上的民主主義得到一定程度的進展，這些現象也就跟著起了異質性的變化。此時的韓國文學，自是無須再站出來為那些被歷史洪流或社會意識左右的個人代言，它開始著眼於處理普遍性資本主義文明之下的個人存在、日常事物和被壓抑的慾望問題。整體來看，一九九〇年代的韓國文學呈現出拒絕大論述、大敘事的去意識形態，以及去中心的邊緣書寫和後現代主義的濃厚傾向。

題材多元，充分呈現出「新世代的感性」

金英夏就是在如此形勢發展下的一九九〇年代進入文壇。一九九五年以短篇小說〈關於鏡子的冥想〉登壇以後，陸續發表了五本短篇小說集和六本長篇小說。這些作品普遍受到評壇高度的肯定和讚賞，前後榮獲文學村新人作家獎、現代文學獎、東仁文學獎、怡山文學獎、黃順元文學獎，以及李箱文學獎，可說幾乎囊括了韓國文壇的所有重要大獎。金英夏與其他新世代小說家一樣，從不吝於從通俗小說、推理小說、科幻電影和流行歌曲、網際網路等大眾文化中，尋找小說創作的靈感。但與其他新世代小說家不同的是，他喜歡挪用神話、傳說、民間故事、歷史逸話等韓國傳統敘事樣式，不僅吸取其養分，同時也將它們改造混用，建立起屬於自己的獨特文類風格。他的小說人物大多是平凡得不能再平凡的人，甚至可能是比一般人更為卑微低下的社會邊緣人物。他非常認真的描寫這些人物內心編織的種種夢想，當這些超越現實的夢想落空後，他們只得再度回到醜陋的現實裡，繼續過著庸碌繁瑣的日常生活。在這一點上，他的人物跟生活在現實裡的我們非常近似，這或許就是他之所以能引起讀者共鳴的關鍵點。

從他輝煌的得獎紀錄，以及媒體吹捧他的文學為「韓國文學的大轉換」，即可知道金英夏文學受到韓國社會注目的程度。他的創作，評壇普遍認為主要是用都會感性和冷靜視線來處理自戀、情慾、後期資本主義社會的各種世態、一九八〇年代學生運動後日談等的主題，充分呈現出「新世代的感性」。雖然他不斷推出新的作品，不過拿他已經出版的小說來看，可以發現他處理的題材相當多元，故事的背景也非單一時代，例如早期的眾多短篇主要在描寫資本主義現代文明中都市年輕人的生活樣態；二〇〇三年旅行瓜地馬拉和墨西哥之後所寫的長篇《黑色花》，訴說的是朝鮮末期移民到墨西哥的韓國人的故事；而《光之帝國》則描寫二十一世紀初奉派到南韓的北韓間諜突然收到返國命令之後的一天內所發生的事；以十六世紀朝鮮中期為背景的《阿郎，為什麼》則重新解釋阿郎傳說故事，用推理小說的技法解開阿郎被殺之疑的懸案。

刻意破壞抒情、挑戰寫實文學觀，瓦解文類藩籬

除了這些故事所涉及的內容和時代光譜跨度寬廣之外，金英夏小說最為顯眼的特色，可說在於他破壞抒情和富有速度感的文體。這些特徵的出現，一說是因他對一九八〇年代文學持否定態度，因而採取相應的敘事策略。用一句話來概括一九八〇年代的韓國文學，即是「不在記憶的敘事」，大部分小說都追求不存在的故鄉或逐漸式微的傳統，筆調因而帶著抒情傾向，同時慣用蘊含情感的美詞麗句。一九九〇年代登壇的金英夏對前期文壇的這種主流傾向，頗為嗤之以鼻，因此他試著摸索出適合他讀者群的屬性，採取去除情感、簡潔有力的短文來實踐「不在記憶中出發的敘事」。事實上，一九九〇年代的年輕世代並不擁有前輩經常掛在口中的記憶，他們沒經歷過韓戰，也未參與四一九革命，連抵抗軍府獨裁政權的經驗可能也沒有。一九九〇年代可說是記憶消失不存在的時代，金英夏面對此一現實，採取所謂跳脫記憶的方式，顛覆「做為記憶」的先前小說，建立起所謂「做為書寫」的小說概念。寫記憶必然陷入抒情的泥沼，因此他刻意破壞抒情，用非情文體來追求新世代感性。他的用意在於切斷個人與神—父權—國家的巨大結構之間的連結關係後，重新建立起全新主體的書寫策略。

處理生活在現代都市年輕人的病理症候時，金英夏大量借助大眾文化和電影的想像力，呈現浸潤於資本主義日常的人們所感到的冷笑和幻滅。他特別善用假想現實、網路聊天、電腦遊戲、各種同好會等當代題材，用簡潔帶有速度感的短文來一一呈現，因而廣受一般讀者的歡迎，可以說他遊走在大眾文學和嚴肅文學的界線之間。金英夏文學的「新」和「當代感性」，不僅顯現在題材和風格的層次，真正的關鍵在於他試圖擺脫傳統小說的文法，例如〈叫做三國志的天國〉的短篇小說裡，他借用幻想手法探索極端的虛構性；長篇《黑色花》顛覆了傳統歷史小說的寫法，大量運用想像、偏離史實。以現實和虛構、實在和幻想的重疊呈現方式，達到破壞既有小說寫實主義規律的目的，進一步肯定小說批判現實功能以外的遊戲屬性。此舉的骨子裡有著他認定一九八〇年代式寫實主義小說再也無法正確反映現實的思考，換句話說，他不再相信建立在意識和現實之間鞏固相應的寫實主義文學理念。如此，金英夏勇於挑戰此前的寫實文學觀，用瓦解文類藩籬的方式，試圖找出正確反映已然改變現實的方法，這對擴張當代敘事疆土的貢獻，自然是功不可沒。

拋開傳統的嚴肅和感動，呈現獨特的死亡美學

另外，一九九〇年代普遍被認為是身體論述遽增的時期，此被解釋為係對 1980 年代精神優先現象的一種反動。金英夏小說常出現情慾描寫和性愛場面，應該是來自他作為新世代作家的時代認識，以及身體具有叛逆屬性的認知，因此他大量動員幻想、想像和假想技法來刻畫身體的分裂、叛逆屬性所具有的能動性。其中較為明顯的例子為死亡題材的運用。屬於初期作品的《我有破壞自己的權利》、〈我是美麗的〉中，他以男性敘述者的視角，紀錄想要自殺的女性人物以及其死亡的瞬間，並將死亡昇華為藝術。對此

固然有魔鬼耽美主義或急進虛無主義的評論，但也可解釋為他將死亡加以美學化、場面化，刻意與傳統的死亡觀做出區分。他透過這些方式來表達新世代對既有體制的不信賴，以及對當代主體的存在感到虛無與不安，呈現出小說文學的當代面貌。而二〇〇〇年之後的小說，則較為淡化早期耽美的死亡描寫，開始出現非日常性的死亡，如在〈鱷魚〉和〈高壓線〉中，描寫肉體突然消失的情節，提出了靈肉分離的可能性，以及非固定形式的死亡；在《黑色花》和《我聽見你的聲音》中，描寫富於宗教性的靈魂昇天情節，試圖與死亡悲劇之間保留一些美學距離，他透過這些死亡描寫，希望給人們的痛苦帶來安慰；《殺人者的記憶法》中患有老人痴呆症的連續殺人犯敘述者，憑著對理性力量的信賴，對抗自己即將消失的記憶，敘述者透過殺人幻想成為超人，但是隨著記憶的逐漸消失，最後卻被關在「無」的狀態，小說以如此鋪排方式叩問死亡的意義。

綜觀以上所述金英夏小說的獨特面貌，可知他拋開嚴肅和感動此一韓國小說的熟悉符碼，刻意破壞抒情，並運用冷笑和機智以及打破文類界線的方式，處理眼下的各類議題。這些不同於以往被框架在共同體價值的既成作家的創作，給韓國文學讀者帶來另一種閱讀上的樂趣與新鮮，我想以新世代文學的先行者來稱呼金英夏當不為過。

殺人者的記憶法
살인자의 기억법

作　　者　金英夏
譯　　者　盧鴻金
美術設計　黃暐鵬
內頁排版　高巧怡
行銷企劃　蕭浩仰、江紫涓
行銷統籌　駱漢琦
業務發行　邱紹溢
營運顧問　郭其彬
責任編輯　吳佳珍
總 編 輯　李亞南
出　　版　漫遊者文化事業股份有限公司
地　　址　台北市大同區重慶北路二段88號2樓之6
電　　話　(02) 2715-2022
傳　　真　(02) 2715-2021
服務信箱　service@azothbooks.com
網路書店　www.azothbooks.com
臉　　書　www.facebook.com/azothbooks.read
營運統籌　大雁出版基地
地　　址　新北市新店區北新路三段207之3號5樓
電　　話　(02) 8913-1005
傳　　真　(02) 8913-1056
劃撥帳號　50022001
戶　　名　漫遊者文化事業股份有限公司
二版一刷　2024年05月
定　　價　台幣360元
I S B N　978-986-489-939-5

This book is published with the support of the Literature Translation Institute of Korea (LTI Korea).

國家圖書館出版品預行編目 (CIP) 資料

殺人者的記憶法 / 金英夏 著 ; 盧鴻金譯 . -- 二版 . -- 臺北市 : 漫遊者文化事業股份有限公司出版 : 大雁出版基地發行 , 2024.05
232 面 ; 14.8X21 公分
譯自 : 살인자의 기억법
ISBN 978-986-489-939-5(平裝)

862.57　　113004645

azoth books
漫遊者

建議陳列書區：文學、小說
EF8613 ISBN 978-986-489-939-5 NTD360

| 金英夏長篇小說 |

我有破壞自己的權利

獨自在城市裡尋找委託人的自殺嚮導；遊走於C與K兩兄弟之間、只能依附他人填滿靈魂空虛的朱迪絲；拒絕自己的表演被複製、卻無法拒絕命運被複製的行為藝術家柳美美……這些獨特的人物，交織出一幅現代社會愛與死亡的浮世繪。

光之帝國

金基榮是來自北韓的間諜，21歲時被派到南韓臥底，在首爾定居，結婚生女，徹底融入資本主義的社會。某天他突然接到來自平壤的信，要求他在一天之內清理全部工作，回歸祖國。他感到有如晴天霹靂，因為間諜被召回北韓，通常意味著等在前頭的是死刑……

猜謎秀

李民秀雖然擁有高學歷與豐富知識，卻因為出身不好，找不到理想工作。渾渾噩噩度日的他，在陰錯陽差之下加入了「公司」，一個匯聚各方菁英、以參加猜謎秀為業的組織。他在這裡找到歸屬，也被迫參與競爭，必須起而迎戰這世界的規則，努力和自己的命運對弈……

黑色花

1905年，日俄戰爭正激烈，一艘英國輪船載著1033名出身各異的朝鮮人，朝着他們心目中的世外桃源墨西哥駛去，但其實他們是「大陸殖民公司」為了提供墨西哥農場短缺的人力而被賣掉的奴隸。四年過去，他們的合約期滿、得到「解放」，但他們的國家已然滅亡，再沒有地方可以回去……

我聽見你的聲音

故事以飆車族首領傑伊為核心，讓不同的聲音彼此呼應：罹患失語症的童年玩伴東奎、對傑伊一見鍾情的富家女木蘭、靠援交買食物的翹家少女、送披薩外賣維生的少年等，以及記錄下這些生命痕跡的作者，讓我們看到傑伊的憤怒、東奎的悲哀、孤兒們的暴力，還有在野生世界中流浪的青少年與成年人寂寞而荒涼的生活中，所有的悲傷。

告別

金英夏最人性的科幻故事！

「人」究竟是什麼？「意識」（mind）可以和「軀體」（body）分別與切割嗎？17歲的哲和父親崔振洙博士生活在與世隔絕的「智人麥特斯」高科技園區，他從來不曾與外界接觸，直到有一天，他為了給父親驚喜而偷溜到園區外……從此再也回不了家。

記憶的消解是否等於個人存在的消解?
時間是比惡更可怕的東西嗎?

天才型殺人犯金炳秀，在連續作案三十年後決定退隱，二十多年來和養女恩熙住在偏僻山村，相依為命。然而隨著年紀增長，他罹患了阿茲海默症。與此同時，村裡有年輕女人接二連三遇害，彷彿有個新的連續殺人犯在此地出沒。

某天他開車出門時，意外與一輛吉普車擦撞，車主朴柱泰後車廂的血跡，引起金炳秀的懷疑，他憑直覺認為對方就是那個犯人。讓他吃驚的是，恩熙的交往對象竟然就是朴柱泰。為了保護女兒，金炳秀決定策劃這輩子最後一次殺人。他要殺了朴柱泰。

他開始試圖把每天的事情記錄下來，卻發現自己的記憶逐漸流失，殘缺的記憶碎片讓他愈發混亂，陷入妄想的深淵。女兒脖子上的勒痕、院子裡徘徊的黃狗、莫名消失的刑警名片，這一切都指向一個他不願想起的事實……

……………

老年痴呆症對年老的連續殺人犯而言，簡直是人生送來的煩人笑話

我的名字是金炳秀，今年七十歲。最近被醫生宣判得了阿茲海默症。

我不怕死亡，也無法阻止遺忘。最近的我只在乎一件事情，那就是要阻止恩熙被殺害，在我所有的記憶消失之前。

那是一雙毒蛇的眼睛，冰涼而冷酷，我確信，在那當下我們倆都認出了彼此。

他竟然泰然自若走進我家，而且還是以恩熙未婚夫的身分!

朴柱泰說，他知道我是誰，他說，他和我是同種，他第一眼就看出來了。

前任連續殺人犯的女兒，竟然被現任連續殺人犯盯上。這是神丟給我的高級玩笑?還是審判?

神已經決定要對我進行何種處罰，我已走進遺忘之中

我突然在便條紙上寫下「未來記憶」，分明是我的筆跡，究竟是什麼意思卻想不起來。記住已經發生的事情不才是記憶嗎?網路上說，「未來記憶」是記住未來要做的事情的意思，老年痴呆症患者最快遺忘的就是那個。

如果喪失過去的記憶，我無法得知我究竟是誰，如果不能記住未來，我永遠只能停留在現在；如果沒有過去和未來，現在又有什麼意義?但有什麼辦法呢?鐵軌中斷的話，火車也只能停止。

陳栢青｜作家、崔末順｜政大臺文所教授、彭紹宇｜作家………**專文推薦**

黃崇凱｜小說家、藍祖蔚｜影評人………**好評推薦**(以姓名筆畫排序)

azoth books
漫遊者

建議陳列書區：文學、小說

EF8613 ISBN 978-986-489-939-5 NTD360